时间也没过去多久

养只柴犬
著

民主与建设出版社
·北京·

目录

碎碎念

生活

自序

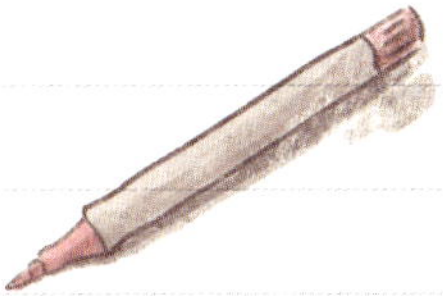

很高兴你愿意读我的书，我的第一本书。

这本书里记录了我近些年来的大部分情绪，有享受当下安稳的我，有酒后不甘平凡的我，有青春懵懂的我，也有看起来像参透人生的我，重重交织、矛盾，但人本身就是一个矛盾的个体。我将真实的生活、真实的自己与情感写在这里。

正如此刻你手里拿着的，是一位少年在十八岁生日那天许下的愿望，或者说是梦想。

时隔七年，我实现梦想并不是那么顺利：大学同学用“文豪”“诗人”等外号嘲讽时，也曾一度畏首畏尾，陷入自我否定，失去创作的胆量；毕业后回到家乡工作，安稳的生活让自己没有了写作的欲望，只是断断续续地写着。

原以为这个梦想也只能是梦想，永远没有实现的机会了。幸运的是，2022年7月20日，我在网络上无意发表的一篇随笔，受到了一些陌生朋友的喜欢。那一瞬间，属于写作的光，好像在幽暗的心底慢慢地闪耀了起来。

于是，我拾起了写作的笔。

他们毫不吝啬鼓励和肯定，让我重建了对写作的信心。有了这些朋友的陪伴，我开始努力地写，比以前更努力地写。这一年来，在写作的道路上，我遇到越来越多热爱着文学的志同道合的朋友。我们互相鼓励，让很多喜欢文字却不敢创作的朋友勇敢地迈出了第一步。我们大胆地用文字记录着自己在生活中的故事，肆意地写着属于自己的情绪。

对这一路上的朋友，以及此刻阅读这本书的你，很感谢能够遇到你们，遇到如此愿意支持我的你们，帮助我实现了十八岁时的梦想。

除却自己的感激之情，也有些话想对你们说：

自接触文字以来，我创作的笔端并没有过真正意义上的停止。哪怕在大学那段失去胆量的时光里，工作后安于现状的生活里，自己还是会在某些清醒的深夜，偷偷写下几篇寡淡如水的随笔。

我也不知道自己这一路不愿停下的原因是什么。

从初中起，我就不停地看书，从中学那间小小的图书室，到高中那一层，再到大学那一栋。那一张张图书卡上，记录着曾读过的书。如今回想这些看过的书、走过的路，大多与我的前途无关，它们并没有教会我如何在这尘世如鱼得水，声名大噪。

但我还是在看着。

或许读过再多书的我，在未来的三十岁、四十岁，依旧过得一无是处，又或许会在某天毫无征兆地放弃了自己所热爱的，搁置了手中的笔。这一切重要吗？好像也并不重要。我做的这些事，与钱财无关，与前途无关，与他人无关，只觉得若是因此快乐过，那便是有意义的。

至于在这个过程当中，经历的人与事，就交给时间。

就像写过的文章一般。人的一生就是一篇文章，文中我们的相遇，大多只是为了在某一个段落添上些印记，有人寥寥数笔，有人浓墨重彩。

每当我这样去理解人生时，就很少去跟自己内耗了。有些当下你认为重要的人与难过的事，在若干年后回想，也许会觉得它让你下笔的分量都没有。逢什么人，遇什么事，都有它的作用，不必去纠结将来它会以什么方式写进属于你的文章。

寥寥数笔也好，浓墨重彩也罢，它也只是整篇文章的段落，永远替代不了文章本身。

所以，大胆去做自己喜欢做的事。书要好好读，喜欢的人也要勇敢去争取。

最后，再次感谢你们的喜欢，让我有信心以文字做翅膀，在这个世界里勇敢地翱翔一次。

这个小镇

离开

同村长辈去世，我去吃丧酒，地点设在本村的祠堂。

我就随便找了个位置坐下。

刚坐下，就听同桌的一位长辈笑着说："难得有这么年轻的后生跟我们一桌啊。"

我听到他这样说，下意识地接了句："伯伯，你就莫逗我了。"

"没逗你啊，不信你自己看嘛。"他抬手指了指。

我顺着看去：偌大的祠堂里摆了十来桌的席，上菜的、寻找座位的，算得上热闹，但再仔细一看，就会发现入席的大多是五六十岁的长辈，像我这样二十来岁的，没有几个。

我这才明白长辈的话没有说错。

既然坐在同一席，那肯定避免不了要一起聊天。因为我的入席，引起了话题，同席的长辈们聊着聊着，就都在感慨："后生们都去城里头讨生活了，留在村子里的全是些老杆杆（老人）。"

是啊，又回想起昨晚的场景。按照村中的风俗，每逢有老人去世，都是会在家中办两晚法事，而同村的每家每户都会去坐一坐，陪老人最后两晚。

儿时的盛事就是这两晚，全村的小孩会聚到一处，追追打打好不热闹。而昨晚，在场的小孩屈指可数。从我儿时到今天，满打满算也就十来年的光阴，村中的变化竟有如此之大！可谓是翻天覆地，令人唏嘘。

同席的长辈们就着这个话题聊了很多很多，我在一旁听着，默默地听着。

村中的青壮年早已在好多年前，就开始转移到城里。在田间地头劳作的，常见的不再是青年，更多的是些头发花白的长辈。在村中小学就读的学生，两只手就能数清。要知道，在我与姐姐就读时，小学有六个年级，甚至同年级还有好几个班！这差距简直天壤之别！

我瞥见村中这座祠堂的墙壁。这是我儿时觉得全村最为华丽的

建筑，如今也开始褪色斑驳，变得平庸起来。我们村是以史姓为主的，从明代便在此繁衍生息。于是自己从小就以村落的厚重历史感为荣，特别喜欢翻看族谱，去追根溯源。谱书上，我们这个家族从明朝的先祖写到我这一辈，每家每户，无论男女老少，都有名字在上面。从族谱的第一页，往后细细翻看，第一代开始，分支就不断壮大，像树一般，开枝散叶。每次翻阅，心中那股自豪感都止不住地汹涌澎湃。

其实生我养我的这个村落，地处大山深处，除了山，也只有山，但我们的祖辈们不畏这苛刻的生存环境，引水造田，开荒拓地。一步一步，无数人的付出，才将这里建造成了适宜生活的世外桃源，养育了一辈又一辈如我一般的后代。他们用双手，用一锄一犁，在这片土地上创造出来的农耕文化，也滋养了后辈们的精神世界。

只是随着近些年的现代化，村子里有着太多太多的改变。作为在这个现象中长大的孩子，体会更是深刻。无数的青年纷纷涌向外面的世界，然后生根发芽。村中破落的老屋越来越多，孩童的身影也越来越少。见过这座小村落繁荣的曾经，再亲眼看到如今的衰败，我的心里怎能不生出一丝惊恐？

那些离开村子的青壮年，在离开这片祖祖辈辈生活的土地时，多数是心不甘情不愿的，没有人愿意离开这个生养自己的村落。只是如果还像父辈一样靠着农耕去生活，那在这个日新月异的时代里，将再无自己的立足之地，然后只能被无情淘汰。于是他们只好擦了擦泪水，向村落告别，走了出去，但依旧会牵挂着这片山，牵挂着门前这条小小的溪流，以及这座小小的山村。

可惜那份牵挂之情在灯红酒绿里又能坚持多久，有些人会慢慢地对乡村淡漠了许多，甚至滋生更多的庆幸，庆幸自己离开了。

曾亲耳听闻在外务工的同辈自傲地说："我打工一天挣的钱，足够买几百斤粮食，种田就是自讨苦吃。大不了把田地便宜点租给村里头的老人，反正我绝对不会回来种那几亩薄田的。"

田荒了，那便随它荒了吧。

文科出身的我，在高中文综里，常学的就有"城镇化"一词，那时只觉得是单纯的社会发展现象，是在试卷上都算不上重要的考点，如今却看到了这三个字下的巨大变化。

当然，我也明白这是大势所趋。

只是突然幻想，在若干年后，我们各自所在的乡村被城镇化的洪流所席卷，那份承载在小山村的情，会因此而慢慢淡漠。待一代又一代，曾经在村子里常见的子孙满堂，只能存在于书里，成为几个印刷在角落的文字。

于是，路边有一群晒得黝黑的小屁孩在追逐打闹，以及那个伴着蝉鸣下河摸鱼的夏天，便再也看不见了。

清明

将近清明，父亲打来电话，问最近工作是否繁忙，要是有空，那就回家为爷爷、外公扫墓。我心里有一股说不清的情绪，既想回，但又怕回。

思考再三，还是开口应了父亲："有空回去的。"

随即赶忙将自己手头上的材料完成，向领导请了假，开车回到了那座小山村。

爷爷和外公在父母十来岁时，就已经去世，对于他们的模样、声音，我都是一无所知的，所以每年跟随父母去扫墓，基本没什么情绪。只知道躺在里面的，是我那从来没见过的、只存在于父母口中的爷爷与外公，也只知道每次要按照流程，为他们挂上几沓纸钱，然后等响完鞭炮后，去作上几个揖，再说些"保佑我读书厉害点"的话。

对于清明，我是没有感受到父辈们所表现出来的那种悲痛的。

直到2016年，最疼爱自己的奶奶与外婆在同一年相继去世。自己在清明去为她们挂纸时，每往坟上放一张，就会想起与她们的点滴，想起自己不曾珍惜她们生前的陪伴，为自己当初的不懂事而愧疚。

在她们的坟前，很想大声告诉她们，我现在有份稳定的工作了，也有点积蓄了，以后她们再也不用那么节俭，我还可以带她们走出这待了一生的大山，去看看外面不曾目睹的世界。可如今，除能为她们多挂点纸以外，我什么都做不了。

我这才明白清明节的沉重，明白了父母伯婶们为什么在扫墓时，总爱念叨起外公、爷爷他们的生前故事，细数着他们那一辈人曾经吃了多少苦，然后说着如今生活的幸福与发达，各自的人生又是如何顺遂。

今年进山的一行人里，比起前些年，多了些矮矮的、肆意奔跑的身影，银铃般的笑声洒满了蜿蜒的山路，像极了我儿时的光景。这些身影是外甥表侄一辈。他们的出现，宣告着我与堂哥、表哥们不再是家族中最小的那一辈，当年也曾在这条山路中奔跑的少年，在岁月的流逝里成长为青年。看着父辈日渐消瘦的背影以及那花白的头发，发现如今的我们成了当年的他们，而当年的他们却早已在悄无声息地老去。

表哥挑起装满祭拜用品的担子，稳健地走在那崎岖的山路上。挑这担子，这曾是父辈的任务，我们只负责跟随，一路游玩，如今已交接到了我们这一辈的肩上。路上有遇到熟识的也在扫墓的人，看到我们这浩浩荡荡的一行人，以及那满满当当的担子，夸赞着阵仗，夸赞着这一家子搞得热闹。

或许，这便是家族昌盛的意义，子生孙，孙又生子，子子孙孙，于是生生不息。

今年的祭拜仪式，依旧是父亲主持的，打记事起这就一直是他的事。这次我没有如以往一般，只顾着自己去挂纸，而是站在一旁仔

细看着他祭拜的过程，在坟前倒酒摆肉，烧纸上香，也认真听着祭拜的话语。因为我知道不仅仅是表哥肩上的担子，主持祭拜的这一棒，迟早也是会交到我们手上的。

为她们挂纸时，我开始主动说起与奶奶、外婆生前的故事，也开始低声对那方矮矮的坟墓述说着如今的顺遂，工作稳定，同时非常热爱现在的生活，让她们在那边千万别担心我，要多领一些纸钱，照顾好自己。

结束也不再是流程式的应付，而是虔诚而恭敬地作揖，然后在心底默念着今年的计划，祈求一切平安顺利。原来父辈们祈求保佑的话，并不是迷信靠她们保佑实现，更多的是在自己告诉自己，今年该去做哪些事情，也在表达自己的思念，就像她们还在，还能听到一样。

之前担心自己没有出人头地，也怕想起与她们的过往，勾起那道名为回忆的伤，于是不太想回来，但当看到在崎岖山路上，大家对彼此的帮扶拉扯；在结束后张罗菜肴的亲切与温情，后辈们在堂前嬉戏的热闹，这份担忧就都化作了虚无。清明时节，除了对先人的怀念，更要懂

得珍惜，因为好多人好多事，来日并没有方长。跟头发花白的长辈的每一次相见，都是在做着减法。

再过几十年，我们的父辈会成为山里的他们，如今的后辈也会成为如今的我们。那深藏在生活表面下、蕴含真意的家族与传统文化，值得我们去传承。即使在现代化的趋势之下，那些刻在我们血脉里的东西，也应该一代又一代，薪火相传下去。我想，这也是奶奶、外婆最想看到的吧。

堂前，父亲和叔伯还在开心地逗外甥们玩耍，惹得众人笑声不断。抬头望去，门前的那棵老树，迎着春雨，绽了一树的新绿。

古井

我们村里水龙头的水不是普通的自来水，是几户人家联合在一起，用水管从深山里引来的山泉水，也算别有滋味，但跟这地底冒出来的井水相比起来，就少了些甘洌可口，特别是从井里刚打上来，更是难以比较。

儿时的夏日，我们总爱追逐打闹，上树捉鸣蝉，下河洗澡、摸鱼，漫山遍野地撒着欢。等玩到口渴，或者精疲力竭了，都是三五成群地去井边打水喝。拿着大水瓢，趴在地上，伸手一舀，就能舀上一大瓢。费力地爬起身，几个人围着，你一大口我一大口，争着喝。自己能够清楚地感受到那份凉意，从喉头一路凉到脚底，然后传遍全身，让人不自觉就打个寒战，心满意足地吐出一口浊气，瞬间让疲惫的身体又充满了力量。

除了孩童爱喝井水，大人们更是离不开它。

我的母亲就爱用井水烧菜煮饭，一定是要那刚打上来的，还散发着寒气的井水，配上自家种的稻米，以及那从深山里一担一担挑出来的柴火。此刻，它们结合在一起，让小小的厨房弥漫着人间烟火的味道。等到饭熟了，揭开锅，那扑面而来的热气中，夹杂着的香味，让人迫不及待地想要品尝，不用配菜都能狂吃几碗。

而烧菜也是刚打来的井水，深山里的柴，以及自家没打药的蔬菜。这样煮出来的米饭和烧出来的菜，已经不是简简单单的饭菜了，而是一场味蕾的盛宴。

所以，我那小小的肚皮，经常会被自己强行塞下三四碗饭，直到吃不进才肯罢休。

要是用普通的水煮饭，我往往只吃得下两碗，即使母亲骗我是井水煮的，我的舌头也会诚实地告诉我，这不是井水煮的饭，它吃不进那么多。

这井无论夏日，还是冬季，都是熙熙攘攘的。

在夏日，除了前面提到的，古井附近的人家习惯将西瓜放到井水流出的小水潭里。离得比较远的则会提桶打满井水回家，再将西瓜放在桶里冰镇。

我家属于后者。

父亲爱种西瓜，但种得不多，隔三岔五他就会从地里抱几个熟了的西瓜，然后吩咐我去井里打水。

吃过晚饭，我就满心期待着夜幕的降临。

常常有叔婶们来我家唠嗑，父亲就让我从桶里把西瓜捞出来。此时经过井水充分冰镇的西瓜，连表皮的温度都是冰手的。

父亲手起刀落，伴随着“咔嚓”悦耳的声音响起，散发出一阵扑鼻的香甜，不只是嗅觉，我似乎还感受到了凉意迎面。

那香甜那凉意，混在晚风里，让夏夜多了几分宁静。

“吃吧。”父亲一开口，我就捧着西瓜啃了起来，一块又一块。

父母他们，则是慢条斯理地吃着，闲扯着家常。

夜空布满的闪烁星星，预示着明天又是适合劳作的晴天。蛐蛐以及不知名虫儿使劲叫唤着，晚风轻轻拂过，带来几分凉爽，老妈坐在门口轻摇蒲扇，偶尔几只萤火虫不怕人似的，在身边打转。

而我，正专心对付着眼前的冰镇西瓜。

等到了冬日，这里比夏天更加热闹。因为在洗衣机还没有普及的年代，冬天洗衣服是一件令人感到十分痛苦的事，但有它在，就不必担心了。不必害怕它跟夏天一般刺骨，你看那井口冒出的丝丝白气，就知道井水已经从夏日的凉变成了冬日的暖，像是明白村民的需求一样。

后来，外出求学加上洗衣机、冰箱的普及，就很少再去古井那里了。

于是趁着近日有空，又提着桶去到了井边。

到达时，我愣在了原地：

以前青石板铺就的井边，已被水泥覆盖，井水不再往外慢慢地冒出来，犹如一潭死水。细看，井里长着的水草，不再是青绿，而是变得墨绿，似乎是有一层杂质覆在上面。儿时总想着抓的井里的几条清水鱼，也不见了踪影。水面的浮萍开始堆积，水质变得有些浑浊，让人再生不出狂饮一大碗的豪气。

站在井边，感受不到丝毫的凉意。

要知道，以前光是路过此地，都能有让人精神为之一振的凉啊！

井还是那口井，但不再是记忆中的那口井了。

心头有万千的感触，到嘴边的就只剩一口重重的叹息。

站在井边，我突然想起自己虽然走了许多城市，到过很多地方，但好像再也没喝过儿时这般甜的井水，和那一块块带着夏夜清凉的西瓜。

心里揣着侥幸，赶往另一口井。心里期待着另一口井，还是儿时模样。

赶到时，看到井口砌起的水泥墙和井口盖着的木板，终究还是打破了幻想。

我只能透过那木板间的缝隙，看向井底。

出人意料的是，里面依旧有水，它竟还没有干涸！

水面倒映着那一道道光亮的缝隙，似乎是在期待某天，井盖会被打开，那一波接一波的村民又回来了，提桶等着打水。

故人西行，青山依旧，人间水长流。

它们不知道现在有了冰箱，不再需要费着力气提水回去才能冰镇西瓜，不知道有了洗衣机，即使冬日如何寒冷，也不用自己碰水洗衣服，也不会知道为什么现在的小孩子不喜欢到它们这里打水喝。

是的，它们什么都不知道，只知道努力往外冒着水，不肯让自己就此干涸，也只知道等，在原地等着，期待着，期待着井边那份冒着凉气的冰镇西瓜，期待着那群争着喝水的小屁孩，期待……那一片欢声笑语。

关于他们

昨晚刷到一个视频，是八十块钱请六十岁以上老人到桃园做事的内容。有人说：年纪大了，头发也花白了，不应该颐养天年吗？

蓦然地，想起了一些人和事。

前些年，我们村的田地被人承包，种上了砂糖橘。田间地头，算起来种了上百亩。在南方的农村，全机械化自然是覆盖不了的，承包者就以几十块钱一天的价格，请人做事。于是，那些还在村里留守的，头发花白的长辈，争先恐后奔向了地里。

之前大学放暑假时，因为在家待着无聊，我也好奇地加入了其中。园里，尽是些年过花甲的长辈，甚至还有七十来岁的爷爷辈。

我与他们一同在地里劳作。

他们笑道：“后生可以啊，舍得为了几十块钱，来吃这份苦。”

我也笑着回答：“在屋里待着也是没事做，还不如来体验一下生活嘛。”

其中一位长辈欲言又止，最终还是说了一句：“是啊，你以后是在高楼大厦里工作的，哪里像我们。”

言语之中，有着一丝难以言喻的情感。

对于这个场景，我如今想起是后悔的，后悔自己的情商低下，说出不合时宜的话，后悔当时不懂长辈的话，还乐呵呵地应着，自以为得意。

那天的日头很大。园里长着茂密的果树，每一棵都不算高大，但一棵挨着一棵，密不透风。

我们就在里面弯腰、踮脚，各种动作不断重复。

汗不停地流着，水也不停地喝着。

有时眼睛被汗沁入，无比刺痛，但最多只是一抹一揉，就又继续劳作。

如此往复。

傍晚在果园口结账时，仗着身高优势，往前望去，尽是些花白的头顶，而那两张薄薄的纸币，足以扫去他们这一日的疲惫。

“做就有，不做就没有。”这便是农村的生存法则。

我只去了三天，实在吃不消，就不再去了。而他们，要从开春忙到年尾：保花、保果、环割、除草、防虫害、盖膜，直到最后的摘果、运果……

是的，我可以选择不去，但他们没有选择。

写到这里，关于“在农村，用八十块钱请六十岁以上的老人，去种植园里干活儿，是对是错？”，相信你们应该有了答案。

在很多人眼里，几十块钱，不值得去付出一天的劳作，更别提还是在比较艰苦的环境当中。这些人习惯性地，带着时代给的优越感，居高临下地去看待这些老人。这些人忘记了，忘记在农村纯靠种田的话，只有到收获的季节，才能把种出来的农作物换成收入。此刻一天能有几十块钱，还是现结。

这意味着什么呢?

它可以是一家人，五六天的伙食费；是过年的新衣，是孙儿的生活费；还是老人治病打针的救命钱；更是乡村留守老人那一年生活的奔头儿……

曾跟承包者聊过，他只是粗略地算了算，我就已经惊讶于他为这个贫瘠的山村提供的工作机会、送来的额外收入。在他出现之前，村里的长辈只能在地里刨着，期盼着年底能够丰收，然后辛辛苦苦把农作物运去镇上，以此换来些微薄的收入。

所以，这一份几十块钱的工作，对于农村的老人们来说，已经不仅仅是一份几十块钱的简单工作，它更是给了那些留守在乡村的长辈们更多的底气。

他们在果园里忙碌后，踩着夕阳回到家，炒上几个小菜，再斟上几杯小酒，哼着小曲。

心底想着：一天几十，十天就有几百，等到年底便能过上一个极好的年。

那时，阖家团圆，共赏烟花。

毛桃

应好友之约，与同事前往其老家游玩。离饭点还有些时间，两人就在村中闲逛，然后在小溪边发现了一棵毛桃树。

一细看，我与同事惊呼："树上结了这么多的毛桃，竟没有人采摘！"

这让我想起小时候，村里就有着好几棵毛桃树，每到春天就长满绿油油的叶子，然后不知哪天就突然冒出了许多小小的、青青的果果，一个挤着一个。从这个时候开始，就让村中的孩童们垂涎欲滴，日日看，夜夜盼，就等着成熟的日子。毛桃成熟在暑假，于是每天都会有好几拨人去树下巡看，一群人前脚刚走，另一群人后脚就到了，一天要看上好几回。有时候看得馋了，即使毛桃还没冒红，口感又酸又涩，也会摘上几个，解解馋。

说来也好笑，几乎没有几个毛桃是能等到红透才被摘下来的。

此刻面前的毛桃树，枝头挂满了红彤彤的果实，是我们儿时做梦都梦不到的场景，如今当它真真切切出现的时候，却是无人采摘。低头一看，地上还滚落着许多熟透的，或者烂掉的毛桃。要是我们儿时，这些果实怕是没有掉在地上的机会。

同事像是心有灵犀一样，脱口而出："换作当年，全村的毛桃树，但凡掉了一个熟了的果子，都是我的失职。"

离毛桃树不远有户人家，大概是听到我们的动静，从屋内走出一位老人。

攀谈之下，得知他是这棵毛桃树的主人，本来旁边还种有好几棵的，不过近些年没什么人来摘，就砍剩这一棵了。他说那些年的暑假，门前总是热热闹闹的，孩童来了一拨又一拨，不过随着时间的推移，每年来的孩子越来越少，而今年，地上都落满了熟透的果子，一个孩子都没来。老人的语气也从热切慢慢变得有些落寞。

同事想上树摘红一点的果子，却不愿弄脏自己的衬衫。

我揶揄道："你小时候摘果子，怕是不会在意身上的衣服会不会脏。"

同事尴尬地笑了笑，说："毕竟我们长大了嘛，有本事你上去摘啊。"

老人一直劝我们二人多摘一些，说没打过药，放心吃。盛情难却，便摘了十来个。回家洗净，一口咬下，那别样的酸甜，像是顺着嘴巴钻进了脑袋里，让人精神为之一振，而入口漾开的是童年的味道。虽然酸大过甜，但酸中带甜的滋味，比市场上只有甜的桃子好吃数百倍。

我跟同事每人一口气吃了四五个，才意犹未尽地打了个饱嗝。

感叹一句：满足！

还剩几个毛桃，就将它们放在客厅的果盘里。在场的孩童有许多个，于是我们热情招呼他们吃一个，谁知光是看一眼，他们就说毛桃长得好难看，一看就不好吃。有一个孩子比较胆大，就上前挑了个最红的，浅浅地咬了一口。然后直接将毛桃扔进了垃圾桶，跑出去用水漱口。其余小孩纷纷庆幸，没有上我们的当。

我与同事相视一笑，没有多说什么，仍旧将毛桃放在果盘里。

等聚餐结束，我俩回到客厅，果盘里的其他水果已经被那一群小孩消灭殆尽。

果盘里只剩毛桃，只剩几个孤零零的毛桃。

柚子树

说来有趣，在每个农村孩子的童年里，大多有那么一棵与众不同的树，或高，或矮，也许是能带来甘甜的果树，也许只是其他，它们都任凭孩童们在身上嬉戏打闹。而站在我童年记忆里的是一棵柚子树，思念的风吹起，墨绿的枝叶微微摇曳，映在记忆里散发着稻香的傍晚，一个满是稚气的孩童来到柚子树下，望着它呆呆出神。

柚子树就种在家门口。

打记事起，它就已经是很大一棵，枝叶茂密，但每年结的柚子少得可怜。

遗憾的是，关于柚子树，我很少问起曾经，甚至是谁栽下的也不清楚。我只知道从我未出生，它就站在那儿，安静地站在那儿。看着父母在它身边起了一座新房，有了一个幸福的家；在我出生时，它依然站在那儿，看着我呱呱坠地，看着我学会了爬，学会了走和跑……直到流着鼻涕的我，晃晃悠悠走到它的身下，抬起稚嫩的脸庞，满眼渴望地望着它。

柚子树的树梢抖了抖，心想：那今年就多结些柚子吧。

忘记是什么时候学会爬树的，但能确定的是，我的启蒙老师就是它。

这棵柚子树有两根树干，很粗，但其中一根是斜着生长的。我一般都是先踩着斜树干，用手攀住另外一根树干的枝条，随后，脚用力一蹬，手顺势借力，就轻松上了树。对于爬树这件事，母亲常常呵斥。一看到我在树下晃悠，就知道我没安啥好心，会大喝一声："你小子想干吗？！又想爬树？"

我悻悻地吐吐舌头，双手摊开，装作无辜的样子："没有啊，我就是想来看看树上的鸟儿。"

总以为母亲对我非常苛责，连这点小小的事情都不允许做。

其实她不仅仅是怕我被树上的虫蚁叮咬，更是怕年幼的儿子从树上掉下来，摔到手或者脚。她有句在这个场景里经常骂我的方言："救到你的汗菜梗梗（注意你的小胳膊小腿）。"

不懂其中道理的我还是爱爬，特别是趁着父母出去劳作不在家时，爬上爬下。爬树容易脏衣服，被母亲看出来，所以尽可能地去避免。偶尔还是会沾染上污渍，于是又逃不过一顿训斥。

日复一日的攀爬，使得它的树皮被磨得十分光滑，自己的上树本领也越发熟练，几乎是一眨眼的工夫，我就可以从树下隐匿到树梢里。我爱上了在枝头的趣味。夏日里那狂躁的太阳在疯狂叫嚣，无情炙烤着人们，可我捧着被井水冰镇过的西瓜斜靠在枝头，倚仗着柚子树大哥的庇护，格外惬意。因为有它的存在，只剩稀疏的失去威慑的光透过枝叶，懒懒照在我身上。

在之前写父亲的文章里，我提到过每当喝醉酒的父亲，满脸通红晃晃悠悠说着酒话回来时，我都会一溜烟地蹿上树，躲起来。

树，就是这棵柚子树。

因为喝了酒的父亲，话很多，而且脾气暴躁得很，看到我在家门口玩泥巴的话，逃不了一顿斥责，还要被赶去看书。那自然是能躲则躲，多一事不如少一事。

就在跟父母的斗智斗勇之间，日子一天天过去，那流着鼻涕的孩童成了背着书包的少年。柚子树依旧安静地站在那里，看着朝暮，等着放学的我。我背着书包追逐夕阳，从学校一路狂奔，从门前斜坡上一跃而下。我常常如此，只为在动画片上演之前完成作业，一如课本上的那篇《和时间赛跑》，生怕自己输给了时间。也很多次为自己跑赢时间而欢呼雀跃，它就在一旁迎风摇曳，似乎是在为我的胜利而鼓掌。

姐姐不知从哪里弄来一株葡萄，扦插在柚子树下那贫瘠的土地里，光秃秃的枝条竟奇迹般地生长起来，我们姐弟俩用木棍牵引着葡萄，爬上树枝。柚子树倒也不恼，任凭我们折腾，任凭葡萄枝箍住它的皮肉，肆意生长。在第一年，那小小的藤就结了葡萄，我记得很清楚——十三串。每天起床的第一件事就是流着口水，去数一遍，看它们有没有长大。

到了第二年，树上爬满了藤，在那摇曳的树叶下，挂满一串又一串翡翠绿的葡萄。

从那时起，大概是因为葡萄争夺了本就不多的营养，所以它结的柚子更少，后来干脆不结了。

除了结柚子、让葡萄攀爬，它就没有任何作用了吗？

不是的。

它存在的那些年里，每逢初春时节，枝头都会焕发出一场盛大的春意，格外可爱。这时，母亲以及周围的阿婶们，都会来它这儿寻上一些大而肥的柚叶，拿回去蒸柚叶粑粑。用初春柚叶蒸出来的糯米粑粑，不仅有糯米的甜，更有柚叶的清香、春的意。一口下去，满嘴留香，让人不知不觉就已三四个下肚。

总以为柚子树会一直安静地站在那里，从我未出生站到我老去，从这个世界没有我站到这个世界没了我。

因为家里扩建，父亲向它们举起了斧头。等我周五放假回家，它与那株葡萄藤已经一起消失了，只剩下崭新的水泥地。

连个树桩都没留下。

这么多年过去了，父亲不再爱喝酒，母亲也不再对我唠叨着不要爬树，树间再没有肆意嘲笑着夏日的招摇的西瓜少年，阿婶们再没有在春天来这里摘过柚叶，那带着清香的柚叶粑粑，我也很少很少吃到了。

这世间再没有它存在过的证据，但它来过，我记得。

灌阳

我生在桂北一个名为灌阳的小县城。

原以为知晓了它的所有，也看够了这座城，可当离开家乡，自己逢人就会说起灌阳的油茶，灌阳的山水，才发现，我对这片土地爱得如此深沉。

每年的夏夜，我是一定要去滨江路走走的。那里有许多摆摊卖凉粉的小贩，若是走路乏了，可以随地找个摊位坐下，再招呼上一碗看着就沁人心脾的凉粉。在连步子都冒着热气的夜里，那一碗凉粉足以抚慰一颗燥热的心。坐在路边，摆上凉粉，看情人映着灯光泛起爱意的眼神，看老人互相搀扶的温馨，还有小孩子的追逐打闹，以及摊贩那看着生意兴隆而欢喜的笑容，相比起在文章中的肆意书写带来的自由，这真真切切的情感弥漫，会更让我觉得自己此刻正活着。

读书时，常与好友在大市场漫无目的地闲逛。

好友那个时候喜欢上了一个女孩，无论走到哪里都会想到她，想着法子给她制造一些生活中的惊喜。每次路过精品店，他会拉着我进去待上好一会儿，看看店里是否有新的小玩意上架，一件又一件地耐心挑选精致小巧的礼物。

果子上新的季节，在大市场主干道的旁边，经常能看到一位卖果子的微胖阿姨，长相就是农村里婶嫂的样子，皮肤是风吹日晒的黑，随意地将头发绑在脑后。我们一走过去，她脸上就会扬起一抹笑，亲切地问我们要不要点果子，自家种的。

很普通的宣传语句，但搭配上她的笑，瞬间就将距离拉得很近，仿佛她就是我们村里的长辈。我经常会在这里挑上一些果子回学校。后面熟识一点，她每次都会顺手帮我多添点果子，嘱咐我在学校读书用功些。

除了精品店，街边的两元店也受我们青睐，节假日人满为患。这里的东西倒也蛮齐全，有时也能淘到我们眼中性价比高的宝贝，虽然店家总是稳赚不赔。比较有趣的一件事，是有人在这家两元店买到了洗面奶，美滋滋地拿回了学校。

我们不禁惊叹这人乃是真正的勇士，两块钱的洗面奶也敢往脸上用。

至于灌阳出名的理发一条街，别看里面大大小小的理发店不计其数，可高中三年，从来没有一家店，能让我们剪完头发是笑着走出来的。

现在想想，也不能全怪他们，毕竟可能自己的长相也是一部分原因。

你让我细数关于灌阳的记忆，我只能说这些很平凡的事情，就像缓缓流淌的灌江，没有黄河的雄伟奔腾，却悄无声息地养育了无数的人们。正是因为它的静与淡，让生活在这里的我们有了温润的性格。

以前总觉得无趣，如今过了好多年，灌阳的确变得好玩了许多：千家峒的地底岩石世界，让人惊叹大自然的鬼斧神工，里面的漂流非常值得一去；唐景崧故居，小河旁的杨柳依依，映着古民居，让人不禁想到那温婉的江南水乡；稻博园，更是袁隆平院士来过的地方……

离开家乡去读大学的那段日子，看着他乡美如画的景色时，总是会在心底想起那道名为灌江的水，那座名为灌阳的城。想走过喧闹的大市场，透着清晨的雾看江边垂钓的老者，倚在围栏，等从红旗中学方向升起的太阳。又或者，去米竹山上踏青，看漫山遍野的梨花；约上三五好友，去秀风里烧烤野餐，在清可见底的水里游上一遭。

恍然发觉，灌阳大抵不是没有特色，只是看得多便厌了。待离开了，却又无比地念着。其实，这城也是有趣得很，让我觉得整个世界都淡然许多。

年的新

这些年，每逢过年的前几日，村中都会有一部分长辈搭车去往城里。这一去，再见就得等到过完年回村以后。

这种情况不仅仅是在我们村，在大部分农村，也算屡见不鲜。

过年，不再是外出务工的青壮年们回乡与父母团聚。反倒是父母们在年底大包小包提着，去往城里，陪儿女过年。

这种现象被称为“反向春运”。

按照灌阳的习俗，每年大年初一的早晨，初中以下的孩童们都可以提个袋子，去村中的每家每户拜年。主人只需要给每人发几块饼干，就可以收获来自小孩子最诚挚的新年祝福，用灌阳话来说，就是“拜家家年”。

那一天，孩子们都会成群结队地出现，满村子地祝贺新年。儿时对过年最期待的事，这算其中之一。

那时的每家每户都是敞开着大门，一家人团团圆圆地等着小孩子们上门，接受新年祝福，然后给他们发饼干。如今，初一大门紧闭的，不在少数。屈指可数的拜年团队，也让初一的山村不再如以前那般热闹。

作为土生土长的农村孩子，能够很清晰地感受到，藏在这二十多年光阴之中的翻天覆地。一位伯父，早已七八年不在村里过年，甚至平时也极少回来。在城里买房立足的，也多数会在年底，把父母接去城里……像他们一样的，又何其多。

务工潮流让村中的青壮年不断往外输出，留在村里更多的是些上了年纪的长辈；而反向春运的兴起，又让长辈们在年关时，流向子女所在的城市。

年前，我曾送亲戚去车站搭车，她要去那因工作不能回家过年的儿子的城市。进站时，我帮她提着包，异常沉重，里面塞满了土特产和年货。我一个大男生提着，尚且有些费力，更何况售票窗前那道瘦瘦小小的背影，又更何况她还要奔波上千千米，再转上好几次车。

本来在时代发展的席卷之下，务工潮流已对农耕文化造成极大的冲击，而反向春运的出现，让农村更显颓势。

农村对比城市，更有人情味的重要原因，是村里那一脉相承而来的宗族关系。纵观古今，农耕文化之所以能

够传承数千年而生生不息，宗族关系在其中的作用不言而喻。

但如今，最重要的“年”，也很难把同脉相承的亲人们聚在一起。

我想起之前去田地做事的插曲，有位长辈是带着孙子一起去的。我挺惊奇的，这个年纪的小孩子，放假在家应该是与电视、手机为伴的。

“电视上说的，穷人的孩子早当家嘛。”那位长辈轻飘飘地说。

我突然不知道该如何去接话了。

因为我想到以后是否愿意让自己的孩子，像他一样留守在爷爷奶奶身边，留守在这座小山村。

不！我不愿意！

这一刻我明白了，为什么在村里小学就读的学生越来越少；也明白了，为什么那些同辈们都想离开这座生养自己的山村。

因为父母的晚年，因为子女的未来，更因为生活……

我自己的答案也是不愿后代在这座山村里，去经历我儿时的贫穷与苦难。即使我在这座小山村里成长，学到了很多很多，但在这个时代里，山村的条件不足以让后辈们成长得更快，这样只会被外面的同龄人远远地甩在身后。

所以，我对于我的后辈再不能体验到乡村的快乐而惋惜。

因为我看过这座小山村最热闹的时节，感受过它带给我的真切亲

情，即使它有一天会消失在钢铁洪流之下，即使村口的小河，终有一天会干瘪得不成样子，我也仍会爱它们千千万万遍。

老屋

每当走进自己的回忆，有一座建筑是绕不过去的，那便是奶奶生活了一辈子的老屋。

前几日从堂哥那里得知，老屋已经摇摇欲坠，估计扛不了几场大雨。自从起好这座房子，到孙辈里最小的我长大成人。数十年间，无论是自然的，还是生活的无数风雨，它都替我们这个家族承受了下来。现在听到几场普通的大雨就可让它倒下，心头莫名涌上一阵悲伤。终归还是再回去看看吧，看看那个养育了三代人的老屋。

老屋坐落在半山腰，只有一条长长的石级路通往，因此被人戏称“云台寺”。雾雨天气时，从山脚看老屋，时隐时现，添了些诗情画意。以前寸草不生的小路已然长满了杂草，青石级没入草丛，难觅踪影。慢慢地，一阶一阶地，拾级而上，愈靠近老屋，脚底愈加沉重起来。

在走到最后几阶那一刻时，我差点喊出声。

因为小时候的我，每次走到此处，都会大声喊一声：奶奶！我来了！

奶奶闻声便会出门接我。哪怕她还在洗碗、洗衣服，也都会走出来，一边在衣服上擦着手，一边走向我。此刻我也多么想再喊一句：奶奶，我来了！然后门后就会再出现，那一道在衣服上擦着手、噙着笑意的无比熟悉的身影，可终归是回不去了。

把那句已经到嘴边的话重新咽了回去，既然选择轻轻地来，那就莫惊了老屋的那份宁静。

继续走完最后的台阶，老屋还是静静地立在那里。即使瓦片早已七零八落，即使墙早已斑驳不堪，裂缝爬上了墙身。它依旧立在那里，像在述说：孩子，回来了呀。

屋外的杂草已经疯长到膝盖，向我耀武扬威，告诉我，它们现在是这里的主人。映着老屋破落的黄土色，格外绿意盎然。而此刻，我讨厌这充满着生机的绿色。

往里走，老屋的门已经腐朽。不知道是因为风吹雨淋还是白蚁啃食，但我知道的是，此刻的它再也经不起我儿时那暴躁的推门方式。屋内已经不复当年儿孙满堂的温馨，只剩破败，冷清，还有……霉臭。依旧熟悉的布局，将所有的记忆释放，一瞬间，竟有喘不上气的窒息感。我与堂哥四人就在这里度过了难忘的童年，目光所到之处，都浮现了几位孩童嬉戏打闹的场景，甚至那一阵阵清脆的笑声，还在耳边回响。

奶奶就坐在门口看着我们，满眼宠爱。

此刻，堂屋和房间长满了绿油油的竹子，竹子的后面，映着的是已经褪色的奶奶的挽联。长势旺盛的竹子，为什么在这么破落的房子旁都愿意生长？是非要把这老屋捅破才肯罢休吗？我愤然拿起木桌上遗留的生锈了的柴刀，狠狠劈向竹子，一刀、两刀……刀起刀落，却未砍倒多少，它们疯狂抖动着，嘲笑着我的无能。看着满屋的竹子和屋外遍地的杂草，将柴刀扔回了桌上，无力地蹲了下去。

我到底还是惊了那份宁静。

我恨这些不识趣的草木，恨岁月的无情，更恨自己无力去改变。心里很清楚地知道草木被清理掉，也会重新长出来，所以更加恨。草木可以重来，那离开的人为什么不可以！为什么只能在记忆里去怀念！甚至连那存了无数回忆的老屋，岁月都想将它摧毁！

无能为力的我轻轻地退出屋子，只是在离开之前在屋前屋后都拍了照，每拍一处，都会在原地愣神一会儿。老屋的每一处，都有着我成长的记忆。黄土墙也好，青石级也罢，它们都在漫长的岁月里，见证了我与父辈的点滴。从牙牙学语的婴儿，长成独当一面的青年，它们见过我们所有的样子。

所以，等老屋倒塌的那一天，我想我还是会来的，来送送这一座迟暮的老屋，这一座养育了我们一个家族的老屋。

走下台阶，我又回头看了它一眼。

它依旧立在那里，依旧斑驳，依旧摇摇欲坠，但依旧安静。不知怎么，耳边响起奶奶熟悉的声音："崽子，回家路上慢点。"

人总有离去的那刻，老屋也有倒塌的那天，但只要我们还记得老屋，它就不会倒，因为它会在我们两辈人的心中。

一直一直。

后山

“不知道后山的板栗熟了没？”

就因为上班时这一闪而过的念头，周五的傍晚，我就回到了后山。

通往山上的小路，依旧是儿时般蜿蜒，只不过比记忆中要窄上些许。那原本应在小路两旁互相映衬着的两棵大板栗树，现在只剩下了一棵。

孤零零地长着。

另一侧，还剩着一个淹没在杂草中的、已经腐朽的硕大树桩，似乎还在述说着当年的繁茂。

顺着小路，我开始拿着棍子时不时拨开草丛，仔细找寻着板栗球。即使十多年没有做这样的事，但在摸上棍子的那一刻，一切回忆如潮水般涌来。

在山脚，我家有一块菜地，母亲种满了蔬菜，而蔬菜是经不得干涸的，不然难以支撑起家庭的一日三餐。于是在炎热的傍晚，提桶浇水成了我与姐姐的必修课。这条长着板栗树的小路，是去菜地的必经之路，所以每次与姐姐去菜地，最大的期盼就是抓紧时间浇完水，然后去捡板栗。

别看姐姐是个女生，但比我一个男孩子还猛些，树下那齐人高的杂草丛，也是说扑就敢扑的。

板栗球上的刺，让我吃尽了苦头。那时最想学的就是姐姐开板栗的绝技：用脚踩着板栗球，在石头上磨上几圈，然后双脚一用力，板栗就被乖乖吐出来了。

我尝试过很多次，都未能成功。甚至有几次，因为穿着凉鞋，力度没掌握好，脚一滑，导致脚直接踩板栗球上，然后一瘸一拐地回到家，一边张着嘴巴哭，一边用缝衣针挑刺，而姐姐就在一旁笑，丝毫不掩盖自己幸灾乐祸的样子。

纵使吃过万般苦头，该

捡还是会去捡。

大家最想捡的，就是在树上成熟爆口、自然脱落的板栗。不过，这件事比较考验运气。因为去山上做事的人很多，这又是上山的必经之路之一，所以他们都会顺便寻上一寻。

总以为树就在那里，山也在那里，断然是不会有什么变化的。所以，即使回来工作好几年，却一直吝啬着自己的步子，不肯上山一趟，总是念叨着来日方长。

来日方长，这倒是一个足够安慰人心的词语。对人还是对事，我们讲过最多的就是这个词，可是今日的重逢，山还是山，树依旧是树。

可山好像不是当初那山，树也不是当初那树。

才明白来日，并不方长。

山腰小路，已经长满了郁郁葱葱的杂草。我与姐姐挑水浇菜的那条小溪，已经被砌上了水泥。水依旧在浅浅地流着，只是以前那些跟我斗智斗勇的螃蟹、小鱼，没了踪影。村中叔伯的菜地，不再种菜，纷纷种上了一棵棵白果树、杉树以及其他的树。看树的高大程度，怕是已经许多年了。菜地旁的红薯窖，不再被木板围起来，大大方方地敞开着，里面空无一物，而窖口长满了杂草，爬满了蜘蛛网。

地里常见的几位婶婶娘娘，今日也没有看到，那倒也是，菜地都种上了树，也就没有来的必要了。那时，她们每次看见我与姐姐，总会笑着夸我们勤快，偶尔也会拿些自家种的蔬菜给我们。

一路看来，很难找出与记忆重合的场景。

此时，花非花，树非树，山也非山。其中滋味，岂是一句物是人非所能说尽的。

也许是长大后的生活不是儿时想的那样美好，成年人不再无忧无虑，所以又想回到还在后山的年纪，跟在姐姐的身后捡着板栗，摇摇晃晃地提着水，那时唯一的烦恼就是自己是否能够在动画片上演之前写完作业。没有工作量绩效，也没有人情世故，喜欢谁就对谁笑，讨厌谁就不跟谁玩，所以当长大后的自己回头，看向来时的路，总会惋惜自己没有珍惜像风一样自由的时光。

当然，生活就是这样，一边回忆，一边继续，从来不肯为谁真正停留。

不信你看看这年复一年，四季什么时候迟到过。

竹林与杨梅

奶奶住的老屋后面，有一片竹林。

儿时，我们的父母都忙着去田间地头，靠着那几亩薄田，养家糊口。于是我们堂兄妹四人，就三天两头地被送往奶奶家照看，而屋后的竹林，自然成了最好不过的乐园。四人如同顽皮的猴子，整日里在竹林里上蹿下跳。我们的无忧无虑，却让奶奶操碎了心。

她时常一脸担忧地来竹林观望，百般叮嘱，生怕磕着碰着。我们不以为意地摆摆手，小声嫌弃着她的啰唆。

夏日，竹林里最是凉快。

炎热的午后，从老屋的杂物间，寻出两根麻绳。几人提溜着长凳，把麻绳系在两根竹子之间，凳子搭在麻绳上，随后就美美地躺了上去。抑或搭上一张小木凳，再轻轻一推，那便又成了秋千。一张无比粗糙的吊床和秋千，伴着林间凉爽的风，就这么陪伴了整个童年。

林子里有野菜生长，曾偶然发现一棵长相奇特的野菜。堂哥像电视剧里的仙人一样，装模作样地闭上眼睛，嘴里念念有词，然后掐指一算，直言这是仙草，吃了便可羽化登仙，成为潇洒的神仙。

我迫不及待地想让他吃下，成为神仙，然后运用神力，帮我把作业做好。他义正词严，说作为哥哥要照顾弟弟，就将成仙的机会让给了我，只是叮嘱成仙之后，莫忘了哥哥就好。

当时感动得痛哭流涕。此时想来，自己跟着他，能够顺利长大还真是运气好。

竹林里，很突兀地，长着两棵大杨梅树。

它们上面都被我们刻过字：×××留于2006年8月10日。

如今，字迹爬满了青苔，却依旧清晰可见。那时谁也没有想到，为了好玩而刻的字，却成了回忆的凭证。穷苦人家，自然是没有闲钱，去买些零食碎嘴。幸好有着这两棵杨梅树，只因身处竹林，也没人施肥打理，唯有树梢会结一些果子。

于是，每到杨梅结果的季节，每天放学都会去看上一遭，在树下狂咽口水。风吹雨淋，杨梅终于泛了红，但树高得可怕，而我跟我姐体弱手笨，自然担不起摘果的大任。反观堂哥与堂姐，一眨眼就上了树。

奶奶就在旁边望着，依旧一脸担忧，喊着慢些慢些。

这种本地杨梅，长得小，而且酸涩得要命。奶奶从橱柜里拿出白砂糖，拌在杨梅里，等糖粒化为糖水，融进杨梅之中，再招呼我们。几人一阵哄抢。即使因为酸涩而做出各种痛苦的表情，但心头的那份甜意，犹如涟漪，荡漾到了全身。

说也奇怪，长大以后，即使自己有钱买来又大又红的杨梅，却没有一颗有竹林里的小杨梅那样好吃。

后来，老屋不常去，那杨梅也不再结果，仿佛它们就是为了哄我们姐弟四人开心，才在那贫瘠的土地里，疯狂地吸收着营养，用尽自己的全力结上那么一些果子。

奶奶如今已经去世六年，老屋荒废，竹林里那上蹿下跳的身影也早已不见。兄妹四人只有过年才能齐聚，但也会回老屋，去看看那两棵杨梅树，轻轻抚过那刻在树上的一笔一画，逆着时光，与那几位秋千少年再聚首。

起风了。那风吹啊吹，吹动了林间粗糙的秋千，吹红了树梢的杨梅，也抚平了老人那一脸的担忧。

那条山路

从我们村到镇上，只有一条在大山之中挤出去的、蜿蜒崎岖的山路。

曾有女老师分配到我们村的小学，她第一次来报到时，就在路上崩溃大哭了。

“每个拐弯之后总是山，路的尽头还是路。”

多年后的重逢，谈起这条山路，她这般跟我回忆道。

是的，这条路对外人就是这么残酷，走不完的山和转不完的弯，连绵数十里。

在那个交通不便利的年代，每次回外婆家，都是母亲骑着二八大杠带我去。山路崎岖难行，那时很小的我，坐在后座费力地搂着母亲，生怕掉下去。

母亲骑得很慢、很认真，小心翼翼地护着我。

“读书你可得努力些，要顺着这条路，走出这几座大山。”

这是她经常说的一句话。

小学四年级，我开始顺着这条山路，走去镇上求学。这段距离对于十岁的小孩子来说，还是比较难以克服的存在。以前自己都是坐在父母的单车后座，并不觉得这条山路有多难走，直到自己用脚步去丈量的时候，才知道其中的艰辛。

我开始厌恶这条山路，厌恶这几座大山。

回到家中，我揉着酸胀的小腿，跟母亲抱怨着父亲，说他不跟其他同学的家里一样，买辆摩托车接送，这样我就不用走这段山路了。

母亲倒来热水：“路，还是得自己走。你既然觉得难走，那就用心读书，长大后顺着这条路，走出这几座大山。”

对于这条山路，并不只是我一个人厌恶。打记事起，就常听父母以及身边的大人们，向自己的后辈们说起，那在被几座大山围绕的村子里的苦楚，那面朝黄土背朝天的辛劳……

有人责怪山路之险，让好不容易追到的心上人惧怕，犹豫再三，还是没能成为一段佳话；也有人斥责着那些未能逃离这座大山的先辈，因为一个“穷”字，就让自己早早退学，落得与农具相伴终生的结果。

在他们眼中，这条山路和大山成了十恶不赦的存在，我也跟着憎恶起来。

即使那么多人厌恶着，也过去这么多年了，它们还是在那里，静静地在那里。

我与其他同村人一样，在父辈望子成龙的期望里，带着他们未能完成的梦，求学之路从镇上再到县里，再到离家几百千米的大城市。

每次放假回家，坐在父亲摩托车的后座，望着这条铺成水泥的山路不再崎岖，儿时眼中的巍峨大山也不再那么高不可攀。之前听到的言论，我也不再认可，大山根本不像他们所说的那样难以走出去，也不再憎恶和惧怕这路这山。

后来大学毕业，跟表哥回来创业，两个人骑着小电驴在这条山路上往返，穿梭于连绵大山，野心勃勃，未感到一丝辛苦。此时看山不是山，是自己未来成功人生的垫脚石，但那最终以失败而告终的结局，让表哥重新背起行囊去往远方，而我望着那条从大山之中挤出去的路，又开始惧怕，觉得难走起来。颓废在家的自己，听了父母的话，通过考试得到了一份令人羡慕的稳定工作。就这样，留在了家乡。我骑着那辆小电驴上下班，每次往返于山路，那路那山落在眼里，又变得矮小。

其实路一直是那条路，山也还是那几座山。

无论是父辈眼中的十恶不赦，还是见山不是山的豪情，又或是遭遇失败后的难行。

它都没有变过，只是我们心随境转，它也就变得不同了。

蓦然地，明白了那次跟老师交谈，她说的后半句话：“走了几个星期，习惯了，其实觉得那条路也还好。”

那时不太理解这句话。

路一直都是崎岖难行，第一次哭泣是对于它的未知而恐惧，当自己鼓起勇气，把它走上几遍之后，它也就那样，最重要的是自己的心态。只要自己敢于去走，没什么路是走不通的。

所以，不必难过，不必颓废。

山就在那里，那就大胆向它走去，现在脚下难行的山路，也可以叫作远方。

村小

自己离开村中的小学已过去了十多载，不知是打小记性好，还是带给我欢乐太多，对于在这里发生的一些场景，依旧记忆清晰。

我自学前班起，便一直在这所村小读书。就在学前班的瓦房教室里，把小脑袋夹在木头窗户的中间，见证过六个年级的哥哥姐姐们，课间操时站满整个操场的景象。那时就憧憬着，自己长大的样子，一定要成为六年级的表哥那般高大的男生，轻松地分辨出前后左右、算出一加二等于几。

在我的文学之路的开端，站着一位扎马尾辫、二十出头的女生。她姓蒋，是我一年级的启蒙老师。

皮肤白皙，一张娃娃脸上总挂着如春风般的笑容，说起话来细声细气，对待我们像弟弟妹妹。那个年纪的孩子顽皮得很，难免犯错惹事。哪怕自认为好学生的我，也跟人打过架。是对方先惹的事，结果我最后打输了，还被打掉了一颗摇摇欲坠的门牙。受了委屈的我，只好跑去找她告状。她拿着纸巾为我轻轻擦着眼泪，温柔地安慰抽泣不止的我，耐心听着我含混不清的控诉。对待先惹事的那个男生，也没有刻意地去骂，而是用我们那个年纪能够听懂的话，讲着道理，那个男生流着悔恨的泪，跟我道了歉。

后来直到小学毕业，我跟他都是好朋友，俩人都待人温和，我想这离不开那次温柔的教导。

乡野的孩子似乎是在凳子上坐不住的，加上不太正规的学前班，导致学习能力参差不齐，但上课的她对待我们这群小孩子足够耐心，一遍又一遍地重复着ɑoeiuü，一次又一次教我们用手指勾算加减法。我的拼音基础异常牢固，就是得益于她的不厌其烦。学习，在哪科学会的东西越多，就会越喜欢哪一门学科，所以在一年级的时候，我就爱上了语文。她也是唯一一位去过我家吃饭的老师。我那个时候成绩还不是特别突出，但她当着我母亲的面，一直夸赞着我的聪慧。这对于向世间小心翼翼迈出第一步的孩童来说，她鼓励的话语给了我太多的自信，让我愈加坚信自己一定可以走出大山，走出一条属于自己的路。

其实隔着十几年的时光长河，许多记忆早已模糊甚至遗忘，但我还记得：与小伙伴们在水龙头下，接上满满一嘴的水，在阳光下往阴凉处喷去，看到的那一道道彩虹；在草地上，扮演武林高手，尽情切磋；特意从家里偷带点米粒来，蹲在墙角，看蚂蚁搬家，直到上课……

那时候是真的快乐，不仅是因为无忧无虑的童年，更因为那时的氛围，因为整个校园里都充斥着各个年级的欢声笑语。最流行的，莫过于那首"一年级的小偷，二年级的贼……"当然，忘不了每个学期的开学大扫除，一群人蹲在地上，撅着屁股使劲拔草；挥舞着比自己还高的竹扫把，从操场这头扫到那头，那时觉着操场太大，大到无法形容，如今再看，却又是小得可怜；老师们也常常发动我们，从家里带来花草去装点校园那光秃秃的花坛。我一日三回去看种下的花儿，就像那一句歌词："我从山中来，带着兰花草。种在小园中，希望花开早。"

在这里，在蒋老师的鼓励下，我第一次当上了主持人，主持了六一儿童节晚会，那是我第一次大大方方站在数不清的同学和家长面前，克制紧张到发抖的情绪，强装镇定地说完一句又一句的主持语。她告诉我："所有的事，都需要有尝试的第一次，这样面对没有做过的事才会越来越有勇气。"

许许多多的第一次，真的让人难以忘怀。

这里，是我人生启航的地方，无数次出现在梦里的地方。如今只剩下三个年级，而每个年级只是十来个学生。

偶尔撞见放学，队伍稀稀拉拉，早已不复当年的热闹。

村小渐渐地衰败、破落，只有屈指可数的学生在校园奔跑着。

当年的村小，墙是水泥斑驳的，门是摇摇欲坠的，在风中吱呀吱呀叫着，课桌是掉着木屑的，随便一抠就能抠下一块木皮，又是那么生机勃勃；如今的村小，墙上刷了白漆，绘着好看的图案，门和课桌焕然一新，却不再笑声满园。

河，流向何方

村头有条弯弯的河，从深山里来，没有名字。数百年来，自顾自地昼夜流淌着，灌溉沿途的数个村落，养活了一代又一代人。

它很文静，不像其他河流般湍急。

于是村民除了引水灌溉，还在河边利用石头和河沙，筑起一块块菜地。

对于孩童们来说，最快乐的事莫过于摸鱼抓虾了。

暑假的河里极为热闹，一帮又一帮“混世魔王”顶着烈日，在水里上下起伏，比赛着谁的潜水更厉害，攀比着谁抓到的鱼儿更多。只是不知道有多少人，要在夕阳西沉回家后，挨上一顿竹条炒肉，但第二天他们还是一个猛子扎进水里。

昨天的痛，影响不了今日的快乐。童年，很廉价，却又千金难买。

就这样，等假期结束，个个晒得黝黑发亮，只剩牙齿白得刺眼。

只是近些年，这般场景倒是难以看见了。

不仅是村中孩童少了很多很多，更因为它愈加瘦了，瘦到只能浅浅地没过脚背。

想起儿时，姐弟俩去给河对面的菜地浇水时，需要蹚过河，姐姐便一手提着桶，一手紧紧攥着我的手。水没到小腿处，清又凉，还能看到被惊动而四处乱窜的小鱼。回到姐姐带着我蹚过河的地方。水依旧凉凉的，只是鱼儿的踪影已是难觅，那趁着放学尚早，踩着夕阳在河边摸鱼的少年再没看到。

热闹的河边已经荒芜，一块块菜地七零八落，被乱石掩埋，只剩些人为修筑的痕迹，在述说着曾经。倒是村子里有一栋又一栋的小洋房拔地而起，好像那份热闹从河边转到了村里。

对于河流，对于农村，每个乡村长大的孩子都有种特别的情愫，特别是如我一般，感受过乡土文化繁盛，又见证了它的衰败的。这种落差带来的滋味，不由得让人心头一堵，想说些什么又想为它做些什么，但到嘴边的，往往只剩一声叹息。

一如那村边一棵棵的果树，主人曾经总担心着放学的孩童，悄咪咪地摘。

如今烂在枝头，也无人问津。

自己写过许多乡土文章，大多逃离不了一个“悲”的氛围。

其实如果要写“喜”，有太多太多的东西可以去写。我可以写村里那一栋栋华丽而高大的洋房，也可以写那每日丰盛如过年的菜肴，写腰间那鼓鼓的钱包，崭新的汽车。现代化的浪潮裹挟着我，裹挟着整个村落，汹涌向前。发展的车轮，呼啸碾过，的确让我们的物质生活得到了很大满足。想吃的、想喝的、想用的，许许多多以前可望而不可即的东西，如今我们唾手可得。

可就是在这样的环境下，为什么谈及家乡时，总有几抹说不清道不明的情绪呢？

我想是有些东西在不知不觉之中已然逝去，村中被封存起来的古井，褪色斑驳的祠堂，夹在小洋楼之间的青砖瓦房……乡愁，剪不断，它理还乱。

所以，有些东西是需要我们去坚守、去传承的，即使已经处于衰落的边缘，即使处于满是功利心的繁荣里。

就像那心心念念着的村，那无数次出现在梦里的河，那回荡着欢声笑语的夏，那爆竹声响彻云霄的年，那属于我们的一年四季，虽然终将都会在历史中成为一堆灰烬，但只要我们还记得自己从何而来，那在灰烬的深处，便仍有余温。

老街

近日闲来无事，父亲就唤我趁着圩日去老街买些蔬菜回来，家中快无菜下锅了。

我打趣道："农民伯伯种田种地，现在要买菜吃咯。"

父亲淡然指了指墙角："锄头就在那儿，你自己种去。"

我缩了缩肩膀，马不停蹄地到了老街。

老街，依旧是记忆中的那条老街。在这里，有种时光被延缓的错觉。街上行人慢慢走，缓缓逛。令人聒噪的广播吆喝也是极少见，生活的躁，在这一刻被吹散。那一排斑驳墙面的水泥瓦房下，是一家家小店，它们规模很小，却又经营起了无数镇民的日常生活。

儿时最期盼父母赶圩时能带上自己，并不指望能买什么，单在街头逛上一圈，

就能开心许久。憧憬的不多，也就在玩具店前驻足一会儿。自己是懂事的，不会靠哭闹去逼迫父母，只是痴痴地望上几眼，心里就会得到很大满足。父亲偶尔会带我吃上一碗桂林米粉，那这是足够写进日记本的天大好事。

那时汽车少见，甚至连摩托车都很少，父母常常骑着二八大杠赶圩。街道虽然宽敞，一到圩日，却是人挤着人，没有静下来的时候。父母一直紧紧握住我的手，一不留心就容易被人群冲散。

圩日依旧很热闹，街边的小贩是各个村子里的叔婶爷奶，他们拿着小凳坐在路边，面前摆着的是自家种的时令果蔬。在老街里，你是看不到反季节的瓜果蔬菜的，当下时节适合什么，这里才有什么。我习惯到老人家处买东西，他们总噙着一抹笑，让人如沐春风。你不必担心他们缺斤短两，他们大多用的老式秤，还会大方地指给你看。强行多加几两往上凑整数的行为，他们也是极少的，你说要多少，那便称多少。

今日从头逛到尾，买了许多菜，逛了许多店。买了儿时很想要的玩具，算是弥补一下当年的在店门口驻足过无数次的男孩。跟老板攀谈了一会儿，店也是破落了。他看着那些早已覆上灰尘的玩具，略带苦涩地说：“早不如你们以前了，现在小孩子只喜欢手机，哪里还会喜欢这些小玩意儿。”

《爆笑校园》这些漫画书，以前被我们所哄抢的，如今却是连卖都卖不出去。

街边的卖菜小贩从儿时看到的青年，换成了白发苍苍的老人。因为青年是不会为了那一担菜，在这里枯燥地坐上一天的。

也许年轻人看着街边的老人，心里会想：我一天的工资，都可以买他好几担的菜了。

岁月是最令人猝不及防的东西，当看着缥缈的岁月变迁，具象到自己所熟知的场景之上，心中难免会有所感触。就像那街角破落不堪的屋檐，不知尝过多少人间的冷暖交替，而在屋檐下的人，在一年又一年的夏去秋来里，抬着头看过几度雁又南飞。

往日的人物也好，建筑也罢，早已物是人非。

临走时，我回头看了看老街。

以前老街是叫老街，可她并不老。

如今老街也还叫老街，但大抵是真的老了。

陈师傅

在黄关老街里，有一间窄窄的理发店，那窄窄的店里有一位陈师傅。

陈师傅十五岁便开始理发，至今六十四载，年龄已有七十九岁。他就站在那里，从意气风发的少年，剪到满头华发，就像那张爬满锈迹却又厚重的理发椅。

如果说要找一部关于黄关现代的变迁史书，那陈师傅就是一本活的书。

他的身子骨硬朗，不像将近八十岁的老者，替人理发时，眼神里的专注让人惊叹，而那把飞剪依旧耍得虎虎生风。特别是那一手“刮耳毛”。每每谈起，陈师傅脸上都有一抹得意，他说就这一招，外面的理发店怕是难以看见。

来店里排队剪头发的人络绎不绝，只不过大多是镇上的老一辈。

其实，往前推十几年，无论小孩还是青年，都是喜欢去他那里的。

其中也包括我。

我是在父母的带领下到他这儿理发的，那时他才六十多岁，头发黑白参半，精气神很足，因为风不吹日不晒，肤色极好，不像寻常镇民该有的模样。还记得当时一坐上椅子，我扭来扭去。陈师傅也不恼，轻轻地按摩着我的头顶，嘴上慢条斯理地说起趣事来。

于是，光顾着去听故事，脑袋自然就任他如何摆弄。等故事讲完，头发也就理完了。

一来二去，我也喜欢上了这位故事永远讲不完的陈师傅。

除了我，我们寄宿制的大多男同学也曾在他这里剪过头发。

后来到县里读初中，加上自己进入青春期，觉得县城的理发店里那些年轻的小哥剪得更帅气，就再也不肯去他那里了，但每次放假路过，还是会看上一眼：他总是在那间小小的店里，或站或坐，风雨无阻。

只要一进入店里，陈师傅就能跟你侃侃而谈，聊些家长里短，说话不紧不慢，像一位家中慈祥的长辈，给人一种极为亲切的感觉。因为他在镇上剪了一辈子的头发，仿佛能记住所有人的名字，只要你一提家中长辈的名字，他就会说些关于他们的故事。他不像外面的托尼老师，生硬地扯着话题，三句不离办卡。

你来，他就认真为你剪上一回头发；你不来，他也不恼。

这一次趁着赶集，我又去店里坐了很久，陈师傅还记得我。

店里依旧有着面熟的前辈，他们多经历了十来年的风霜，平添了许多白发，可笑容依旧和蔼。

我询问他这座小镇的发展历史，想听听那些鲜为人知的故事。

他说他年纪大了，记性不太好，好多事不记得了。

我略微有点失望。

“我与你讲讲你那从未见面的爷爷吧。”他轻轻地说了一句。

他是知道的，我的爷爷在父亲十来岁时就去世了。我从小就没有感受过有爷爷的生活，这也是心里一直遗憾的事。

“他啊，以前就喜欢坐在你那个位置。”他指了指我。又是一句轻描淡写的话，却让我浑身起了鸡皮疙瘩。

那种感受很难用文字去表达。

就是我那素未谋面的爷爷，在几十年前就跟我坐在同一个位置，也许跷着二郎腿，笑着跟陈师傅说，等他以后有了孙子，一定也带他来这里剪头发；也许打趣着说，自己也要来跟陈师傅学剪头发。那一瞬间，我有一种穿过时空与他重逢的错觉。

那天，我听陈师傅说了许多那些从来没听过的爷爷的故事，心里的遗憾释怀了几分。

而他一直就在那里站着，一边说，一边理发。

一个又一个，连续三个小时，只喝了一口水。

临走时，我说：“陈师傅，我想为您写一篇文章。”

“我一生没做出什么成就，没啥好写的。”他摆了摆手。

没做什么成就吗？

我看了一眼那些等着的老人和镜子里的自己，再看了看陈师傅。

其实时间早已替我们回答了这个问题。

留守

借宿于好友家，饭后去村中小卖部，见店门口坐着一老一少。

其中的小孩，捧着手机大哭。

而一旁的老人，也时不时扭过头抹着眼泪。

走近了些才发现，他是用手机与人视频通话。

略感奇怪，所以我买完东西并没有急着离开，而是与老板交谈起来。

小孩的父母常年在外，他从小就与爷爷奶奶生活，聚少离多。爷爷奶奶年纪大了，玩不懂智能手机，而他们又怕小孩对手机的自制力差，不敢为小孩专门买一部手机，于是只好辛苦关系比较好的老板，让他们每周领着小孩来向老板借手机，用视频跟父母见上一面。

交谈间，老人领着小孩进来还手机，他连连鞠躬道谢。老板摆了摆手，随即又拿了颗棒棒糖，塞给仍在抽泣的小孩。我们看着一老一少的背影渐行渐远，老板叹了口气："因为疫情，他的父母已经一年多没回来了。"

恍惚之间，想起了一些人。在我的求学生涯，留守儿童这个现象也很常见，班级上有着许多留守的同学，大多数跟着爷爷奶奶，有些跟着外公外婆，也有被寄养在叔伯家的。

我看见有人在同样的环境里，怀着父母在外劳作的苦心，向阳而生。班上有个女生，整个人瘦瘦小小的，天天穿着那几套简朴的衣服，几条洗到发白的牛仔裤。每天早晨她都是最早到教室的几人之一，曾因为英语老师在课上讲过她的英语发音，于是那段时间经常能撞见她，在小树林旁大声朗读着英语，一遍又一遍。我一直以为她这样的女生是因为家里管教得好，当得知她从小就跟随爷爷生活的时候，我第一反应是惊叹。

也有人因为缺乏亲情，自甘堕落。在老师办公室请教作业的时候，有位老师正在处理他们班的男生打架的事情。那些男生的样子我已经忘记了，但有位男生的话，记得特别深刻："你们不是对我不管不问吗？！现在管我了吗？！我打架关你们什么事！"

他对着电话，嘶吼着说出这番话。

对于这种情况的出现，是怪那些外出务工的家长，把心思都放在工作上了，还是怪家中的老人管不住孩子？

如若能在老家安居乐业，没人真正愿意背井离乡，也没人真正愿意放下自己的孩子。但对于大部分人而言，离开农村，经济条件会好一些，至少不用担忧着儿女们的生活费该怎样去赚取，但意味着骨肉分离；留在农村，又意味着贫困度日……两难全。

父亲在我们姐弟二人读书之前，都是去其他地方的林场，帮人砍树的。后面我们大了些，他就留在家里跟人学砌墙，当小工，不再外出，而母亲负责打理家中那一亩三分地，那日子自然过得极为清贫。当年一个煮鸡蛋，姐弟俩一人蛋白、一人蛋黄分着吃的场景，至今印象深刻。

穷苦多生自卑。

在吃饭时，有一邻居路过我家，顺眼瞅了瞅，随口说道：“你们晚餐怎么连点肉都没有呀？”

那天我和老妈吃的是炒青菜，没有一点荤腥。

他的无心之语，在年幼的我听来，却异常刺耳。于是，晚餐时别人来我家，一度成了我最怕的事。

幸好在往后的日子，父母一直用爱灌溉着我与姐姐，让我慢慢不再自卑于所谓的家境。也许我们家物质上是贫瘠的，但在精神上是异常富足的。父母选择在家，因此吃了数十年的苦。如果当年他们选择外出务工，把我们留给奶奶抚养，也许我家早已盖上了小洋楼，姐弟俩在求学之路上也不会那么拮据。

至于缺了父母的关爱，我会成为什么样的人，那就是不可知的事了。

目送着爷孙俩，直至他们消失在路的尽头。

回想刚才的场景，想起一句话：

拿起生活就得放下家庭，拿起家庭就挣不到钱。

我不去评判两种选择的对与错，更多地觉得，作为农村孩子的我们，注定是要多经历些事的。强者都是去适应环境，只有弱者才会抱怨环境，生在农村没什么好自卑的，如果有决心那就从自己开始，去改变这样的环境，不要让自己的后代走自己的老路，这才是我们该有的心态。自怨自艾是没有未来的。我们不仅要走出大山，更要走出心里的大山。

信息交流中心

村头的桂花树下，时常有一群男人，乘着凉风，爽朗的笑声此起彼伏，好不热闹。村头，便是被年轻一辈笑称为全村最繁华的地带——信息交流中心。去往此地玩耍，被戏称“开会”。

此地掌握着全村80%的新闻，谁家母猪下了几个，谁家的儿子带女朋友回来了，诸如此类的新闻。只要你壮着胆子，去参会一次，保管你将全村了解得明明白白。

而我的父亲，便是如今的骨干成员之一。

从我记事开始，每当吃完晚饭，他就会带我去“开会”。那时的“开会”地点不是在村头，而是在一棵柿子树下。彼时的父亲，因为年轻，也还没成为骨干成员。叔叔伯伯们聊的东西，在年幼的我听来，是听不懂的。只知道每次他们的神情都异常激动，笑声大得仿佛能把树上结的柿子震下来。

他们时常恶趣味，比如突然把我搂起来，一边往他们家方向走去，一边对我说是要抱回去给做儿子。

那我肯定不愿意，所以每次都被逗哭，然后他们一群人看着我开怀大笑，而老爸是笑得最欢的之一。后面被逗得多了，知道他们是因为喜欢我才逗我，也就极少再哭了，反而随他们抱，还会说当儿子也行，得现在带我去买糖才行。

现在之所以性格开朗，我想极大部分是受他们影响。相比起其他的小孩子，我更加大大方方供他们调笑，偶尔也会被逗到生闷气，也只会气鼓鼓地盯着他们。

一位长辈说起当年，他说印象最深的就是，无论怎么逗我，我都不会开口骂人说脏话。

那时的风吹得很轻也很凉，吹过枝头，枝头的柿子微微摆动，树下是一群谈天说地的男人，有光膀子的，有蹲着的，也有直接靠在树上的。他们时不时地去逗一个屁大点的小孩，小孩也会追着某个调侃他的大人打闹，惹得众人哈哈大笑。

童年的晚霞在印象里也红得可爱，映在他们身上，将树与那群人染成了一幅油画。

岁月啊，仿佛会定格在这一刻。

后来因为外出求学，在家的时间屈指可数，就不再去了。每次碰到他们，还是会脆生生地笑着喊上一声。他们也笑着回应我，偶尔叮嘱让我读书用点心，以后进大城市工作，别像他们一样，一辈子待在农村。

你看，他们连对我的期许都说得如此直白，但又让人心头一暖。

自从回来工作，闲下来也去过好几次，依旧热闹，他们一如儿时般逗我，不过不再嚷嚷着要抱我回去做儿子，反倒像家长一样，用催婚的方式打趣我。我也像当年一样，被逗得窘迫。

在村头，能让人暂时放下烦恼的事。别说与他们一同聊天，光是听他们那爽朗的笑声，就觉得心也跟着欣喜起来。农村的劳作是辛苦的，日晒雨淋，总归是需要一个地方放飞心情。

村头，便是浮生偷闲最好的地方。

这个村头“开会”，以后我会常去的。

带野花，携村酒，烦恼如何到心头？若无闲事挂心头，便是人间好时节。

月饼

候车站旁的台阶上，有一对爷孙。

大概是孙子饿了，爷爷便从布袋里拿出一个月饼，撕开包装递给孙子。

孙子尝了口，便又塞回爷爷手里，自己去布袋里，翻出了一个包装精美的甜品。

爷爷没有多说什么。

一老一少，一同坐在台阶上。

一个捧着缺了一口的月饼慢慢嚼着，一个拿着精美的甜品大口地吃着。

朴素的月饼，精美的甜品。

一老，一少。

月饼似乎越来越不受小孩子的喜欢了，不仅是小孩子，甚至年轻人也不爱了。

细想之下，自己竟也如此这般。

回想儿时，在中秋节之前，父母会买上几个月饼，放在瓦坛里。

倒也不怕我们姐弟俩偷吃。因为我们是知道的，需留到中秋节晚上才能吃的。因为中秋节晚上，是需要用它来祭拜月亮的。这个仪式俗称“供月亮婆婆”。祈祷月亮给我们一家带来好运，父母工作顺利，我们学习进步。

我常偷偷打开瓦坛，小心翼翼地拿出月饼，虔诚放在手上，闻闻月饼的香气，咽下口水。那时的月饼，管他五仁的也好，莲蓉的也罢，都是让人垂涎欲滴的存在。于是，数着日历，盼星星盼月亮，等着中秋节的到来。中秋节那天晚上，完成祭拜仪式，便眼巴巴地等着母亲分发月饼。一大口下去。十几天的等待，在此刻终于是得到了极大的满足。

人间美味，也莫过如此。

再看现在，明天便是中秋节了，我竟还未想到要去买上一些月饼。

可叹。

自己不再想着那块小小的月饼，也就不再关心“供月亮婆婆”的仪式何时结束。说来也奇怪，不只是中秋节，还有其他节日，甚至包括春节。越长大，对它们的那种情感，倒是越来越淡薄。与儿时的热情截然相反。

与其说是我们抛弃了节日，不如说是节日抛弃了我们。如一句话所说：“大概最开心的人，不是我们了吧。”

在小孩那华丽的包装袋的对比之下，老人手里的月饼，更显得黯然无光。他手中的月饼啊，也还是我儿时记忆的样子，可它好像再也招不来小孩子的喜爱。

在那简陋且狭小的代销店里，昏黄的吊灯在一晃一晃，月饼散发着夺目的光，让人不自觉地靠近。而琳琅满目的超市里，配有亮堂堂的白炽灯，照花了我们的眼，那偌大的空间里，却再难找回熟悉的味道。

乡村的城镇化变得愈加明显起来，街边的建筑风格开始统一，越来越多的舶来品，出现在大众的生活里。儿时那只存在于传闻的奶茶店，如今早已在街上开了花，可我依然难以舍掉手上那一块小小的月饼。

秋收

男人挑着一担禾，又提着一捆，稳健地走在窄窄的田埂上。远处的青山，映衬着那些埋头在禾田的人。天边，云卷云舒，有微风吹过，沉甸甸的谷穗稍稍摆动。天地无尘，山河有影。从风里，嗅到了一丝禾梗夹杂着泥土的芳香，沁人心脾。

这是收获的味道。

在六七岁时，我就开始提溜着一把镰刀，跟在父母身后，摇摇晃晃地走过长长的田埂，一头钻进那黄澄澄的田里，撅起屁股割禾。只是速度令人担忧，父母已经割了五六把，自己还在跟第一把较劲。

他们并不在意我的速度，只是嘱咐着我别割到手就行。

母亲耐心教我如何去捆好禾把，教了一遍又一遍，可因为年小力弱，常常是捆不牢的，稍微一碰便又散了。即便如此，母亲依旧让我自己去捆。哪怕到最后，她还是得回过头重新帮我捆一遍，她宁愿自己麻烦点，也想让我多锻炼。

自己最期盼的是劳作完以后，父亲领着我去捉泥鳅。他的眼睛特别厉害，总能发现那小小的泥鳅洞。只见他把腿叉开，腰一弯，手往土里一插，掀起一大块泥土，再捣鼓几下，就从田里揪出一条条肥硕的泥鳅或者黄鳝。

我尝试模仿着他的流程去抓，可从来没抓到过。

父亲笑着说："你是属猫的，当然抓不到咯。"

当时就想，十二生肖还有属猫的吗？后面才知道，这是我们那里打趣别人抓鱼不厉害的俗语。类似的话还有，比如你看见别人抓到了鱼，就说："让我瞅瞅，这鱼是不是瞎眼睛？"

当然，抓不到并不影响我吃泥鳅的速度。

在田间劳作可不轻松，不仅要顶着烈日的暴晒和汗水流进眼里的刺痛，还要忍受禾叶拂过皮肤带来的瘙痒。普通的禾稻还好，让人最怕的就是糯稻，因为它的痒更上一层楼。所以，对于那块种着糯稻的田，我是抗拒的。为了逃避，无论是撒娇耍赖，还是装肚子疼，种种方式都试过。父母就让我坐在田埂上看着。他们两人倒也不惧，面对糯稻，挥舞着镰刀。

我一直以为自己的演技高超，躲掉了一劫，其实只不过是父母心疼，不愿让我去吃那份瘙痒的苦罢了。

割完稻谷，还要趁着天气好，一担一担地挑回家里。之后还有个小活动，那就是与姐姐提个小竹篓，去田里捡那些在劳作过程中不小心掉落的禾穗。这不仅仅是自己家的可以捡，别人家的田里，也是可以的。

先到先得。

每当收完稻子，田间就会出现一批提着桶，或背着竹篓的小孩子。他们撒着欢，追逐打闹着，却又小心地将禾穗捡起，像是在希望的田野上奔跑，从一块田跃向另一块田。

等到日落西山，他们就相约着大踏步，踩着夕阳回家。

脸上，脚上，衣服上，都糊满了泥巴。

可谁都没在意这些。

他们只顾着大笑着，互相比赛着看谁拾来的禾穗多。对粮食的珍惜，对大地的感激，正是在那一次次弯腰拾起禾穗里，悄然懂得。

人生来处

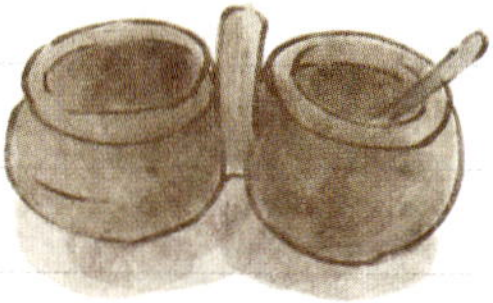

母亲

（一）背影

妇女节，让我想起一道瘦小的背影。

她是一位地道的农村妇女。在十来岁的年纪，父亲便去世了。家中的顶梁柱倒下，她看着学费的金额，又看了看憔悴的母亲，咬了咬牙，放下了书本，拿起了那把父亲曾用过的锄头。从那天开始，校园里少了一位用功读书的活泼少女，田野之上，多了一道扛着锄头的瘦瘦小小的身影。就这样，她随着几位姐姐在田间地头，日出而作，日落而息，觉得这样劳作的日子也挺充实快乐的。但在看到昔日一起打闹的同学路过时，她会把

头埋下去，更加卖力地挥动着手中的锄头。待同学走过去以后，她才抬起头，盯着那远去的背影，愣神许久。

过了农忙季节，她不愿在家闲着，挑起酒壶走街串巷卖起酒来。穿着布鞋，一步一吆喝，每天从日出走到夕阳摇摇欲坠。哪怕脚磨起了血泡，哪怕稚嫩的脸庞上挂满了汗珠，她始终没有说一句放弃。她的母亲看着家中最小的女儿如此劳累，心里愧疚，想上前说些什么安慰的话，却又无从说起，只好把眼角的泪水偷偷抹去。

长大一些的她，开始跟着同村人去市区打工。没有文化的她，只能在饭店做点事。那段时光，虽然累，但很快乐，因为她去到了许多不曾到过的地方，见过不一样的景色，也是在那时留下了几张珍贵的关于自己青春的照片，存在相册里，随着岁月，逐渐褪色。

后面她嫁了人。只是从这个村嫁到了那个村，从这个山脚嫁到另一个山脚。

值得开心的是，她有了一双乖巧的儿女。老公在外打工，她带着年幼的儿女在家。小孩子总是夜里发烧，怕黑的她就背着他们，打着手电走过一次又一次的夜路，去隔壁村寻医。皎洁的月光洒在地上，照亮了前方的路，也照亮了那道瘦小却又坚毅的背影。

就这样，她为了儿女再也没有出去过，在这个小小的除了山还是山的村子里，待了一年又一年。把自己的青春全都倾洒在家中那一亩三分地里，洒在自己开垦出来的菜园里，洒在那一双儿女身上……她也曾跟长大后的儿子开玩笑说，她去过最远的地方就是桂林。

她啊，什么日子都经历过，什么苦也吃过。于是，她对儿女总是管着，让他们一切以学习为主。喊着、吼着，像只老虎一样让人惧怕。当看到初中的儿子，叛逆不爱学习时，狠心地骂着骂着，自己却也哭了。其实她真的不想像个泼妇一般，去嘶吼，去咆哮，去严加管教，可正是因为她知道这样的日子有多难过，这样的苦有多难咽，她才更要去管着。

现在的她，时光已经在她身上留下太多太多痕迹，可她依旧很开心。因为她的一双儿女都顺利地读完了大学，也有了稳定的工作，对她很孝顺。

她还在忙碌着，瘦瘦小小的背影活跃在生活之中。

她说她啊，要爱他们一辈子。

那道瘦瘦小小的背影，就是我的母亲。

（二）百宝园

母亲有一个百宝园，一年四季都种满了蔬菜。

每逢家中来客，或一日三餐，若是少了些烹饪的蔬菜，母亲便会招呼我去那百宝园里采摘回来。小时候嘛，自然是不认识那五花八门的蔬菜。她会蹲下身子，耐心地告诉我，葱是在园子进门的右边，蒜就在它旁边，小白菜在葱的对面……

任何一种蔬菜，她都能准确地说出它种的位置。那时只觉得母亲很厉害，这么多的菜都能一一记得那么清晰。直到长大一点才明白，其实母亲哪里是天赋异禀，只不过那一棵棵皆是她亲手种下，一勺一勺的水浇灌着，一天一天看着长大，这样怎么可能记不住呢。

在村小读书，放学后就常跟母亲去那菜园。她在那儿忙着除

草、浇水，我便在一旁，穿梭于蔬菜丛中，寻找着蚂蚱，追逐着青蛙。整片菜园被母亲打理得井井有条，满园的蔬菜都长势特别喜人，一棵挤着一棵，又肥又嫩。这些都是极受蚂蚱欢迎的，而那一片片宽大的菜叶下，也是青蛙最喜欢乘凉的地方。

看着我满园子晃悠，东一脚西一脚，深一脚又浅一脚的，母亲总会喊：“哎哟哎哟，小心点小心点！别把我的菜给踩了！”当然，偶尔也会不小心踩到，母亲呵斥上我几句，然后当晚的餐桌上，就会出现那棵被踩倒的蔬菜的身影。

那时年幼的自己也会做些蠢事，以至于现在回忆起来都哭笑不得。

在学校的草地上，我抓到一只很肥的蚂蚱，浑身翠绿，极为好看，便动了饲养的念头。可惜家教甚严，我不敢带回家，毕竟再喜欢，也不可能为了它，去挑战母亲手中的竹条。

于是在傍晚放学后，我偷偷跑到菜园子，把它放在最大的那棵白菜上，想着用这么好吃的白菜叶养着，它一定可以生好多好多的小蚂蚱，一代又一代，生生不息。

那天晚上，我为此还做了梦，满园子都是它的蚂蚱宝宝，自己笑得合不拢嘴。

不过第二天去时，我却怎么也寻不到它了，为此还难过了小半天。

园子里一年四季都充斥着生机。春夏与秋冬，各有各的精彩，白菜、黄瓜、茄子、冬瓜、南瓜等，轮番亮相，这与母亲的勤劳是分不开的。

我一个人在家时，就喜欢去菜园割上一把新鲜的韭菜，炒上一个土鸡蛋。这两道常见的食材碰撞在一起，竟胜过万般滋味，让人不知不觉就已两碗饭下肚。冬日时节，菜谱里常有一道萝卜汤，父亲说：冬吃萝卜夏吃姜，胜过医生开药方。

打记事起的二十多年来，家中的一日三餐，多数是那一方小小的园子给的，而园子之所以能成为百宝园，是因为母亲的那份勤劳。

如今她去帮姐姐照顾着外甥，不常在家。父亲一人在家，忙着生计，自然无暇顾及，便稀稀拉拉种些日常蔬菜。周末我偶尔去一趟，那爱跟我斗智斗勇的蚂蚱不再蹦跶，那喜欢藏在菜叶下的青蛙也没再看见。菜园荒芜了许多，不复以前的繁华。那在菜园跌跌撞撞抓蚂蚱、青蛙的小男生，如今也长大了。

小园子，终归没了儿时那般热闹。

在这人间，有一盏灯火。它是父母一同为我们点亮的，灯下的柴米油盐齐全，瓜果蔬菜新鲜，生活纵然如此普通平淡，也心生欢喜。

母亲的百宝园啊，小小的，却又装下了一日三餐与一年四季。

（三）油茶罐

书上说，每位母亲都有一件陪伴了她许久的物件。我想了许久，却没想出个所以然。

我的母亲是一位地道的农村妇女，不戴首饰，不讲吃穿，怎么会有陪伴她很久的物件？

书上说的，看来是假的。

直到有次走进厨房找吃的，无意看到橱柜里的盐罐。

那一瞬间，我愣在原地。

20世纪朴实的造型与颜色，粗糙的工艺，很难让人有惊艳之感。

它就在角落，就默默地在角落。

原来它就是我苦思冥想了半天却没想到的物件。

父亲每日需要出去砌墙赚钱，而母亲身体较为瘦弱，负责家里的琐碎事情。全家人吃喝的这个重要任务，自然是她来完成的。她向来是喜欢打油茶的，早上与中午，餐餐不落。我想那个用了十几年，被火烧漏了的茶锅，以及那张用来摆碗的茶桌，也算是跟盐罐一类了。

每次打油茶，她熟练地用勺子舀出恰到好处的盐，潇洒地抛入茶锅，好似那战无不胜的将军，举手投足之间写满了自信。她也喜欢在打油茶时与我们聊天，话题大多是拉家常、谈学习，或者偶尔八卦一下其他。大多数时间是其乐融融的，但也会因为她的絮叨，莫名其妙地吵起来，然后赌气离桌不吃饭。

从记事起，便一直喝着她打的油茶。

如果面前放了十几碗不同的油茶，我想我一喝就能分清哪碗是她打的，不过对于她一成不变的油茶手艺，我偶尔也会吐槽。

读高中时有一天早上，我拿起碗，浅尝了一口：“妈，你打的油茶怎么感觉越来越难喝了。”她脸上闪过一丝尴尬，一时不知说什么，毕竟突然被儿子吐槽。

父亲：“才喝十来年就敢评价？我喝了一辈子都还没觉得难喝，他的话不作数，你别听他的，明明这么好喝！”

父亲说完就干了一碗。

长大以后，每次想起这个片段都觉得很温馨，也偶尔提及过几次这件事，父亲和母亲却没有任何关于这件事的记忆。对于他们而言，这只是生活中不经意间体现爱意的小事，或者说是本能，那谁会对微不足道的小事上心呢？

打那以后，我就没有这么直白地说过母亲的油茶了。

是啊，我哪里有资格说呢？是那一碗又一碗的油茶，伴着我长大，给了我们一家子每日劳作和学习的动力。母亲二十来岁嫁给父亲时，便拿起了这个盐罐，掌握着一家的菜谱，让平淡的生活有了滋味。

朴实的盐罐，四四方方的茶桌，见证了无数个平凡却又温馨的一日三餐。那一勺又一勺的盐，一碗又一碗的油茶，撑起了一片温暖的港湾。

现在姐姐已经成家，拿起了属于她的盐罐。

我相信我也终会遇到那个愿意为我拿起盐罐的姑娘，我也愿意陪她一同拿起。然后在某天，会像我的父亲一样，在儿子吐槽她的时候，狠狠地替她怼回去。

（四）忙秋

从古至今，在文人墨客的眼中，秋总是感伤的，总会触及一些悲凉的情绪，写下一首又一首脍炙人口的诗。对于乡村的父辈，哪里还来得及去怀古伤今，只是每日苦苦盼着，天公能少雨多晴。

往年时节，我的母亲早已在田间地头忙碌起来，伴着燥热的风，将自己瘦而弯的脊梁，浸在秋季的烈日里。任凭汗水将眼睛刺痛，依旧只顾弯着腰挥舞镰刀，从这头到那头，割下一捆又一捆的稻子。

前面说过，母亲是地道的农民。小时觉得母亲长得白净，不似其他姑婶那般。时光荏苒，我长得愈加高大，她却愈加矮小，脸庞也不再白净，爬上了皱纹，怎么抹也抹不掉。

虽是秋日，但正午的日头依旧热得令人畏惧。刚吃完晌午饭，便又见母亲戴着草帽准备出门，我忍不住劝说太阳太大了，晚点再出门吧。母亲笑笑："农村人怕什么热，太阳越大才越好哩。"

看着那道戴着草帽义无反顾扑进烈日里的瘦小背影，我手中的书好像变得万般沉重起来。

她总是希望我和姐姐把时间都用在学习上，但偶尔也会带我们去田间地头一同劳作。劳作时，她总爱跟我们姐弟俩絮叨。譬如：在学校多用点心学点东西，多读点书总归是好的；对老师一定要尊重客气，对同学要有包容心等。也常说她的故事。她读书时的成绩很好，因为家里穷，初中没读完便辍学了。而好些成绩不如她的同学，多读了一些书，便有了出息，拥有了体面的工作。她总想把自己走过的弯路一一指明，让我们走一条光明的道路。可她不知道的是，在她顶着烈日为我们指明道路的同时，手背已经悄然爬上了一道道不易发觉的皴痕，鬓角也挂上了一抹寒霜。

劳作回家，她向来是不打赤脚的，喜欢穿着凉鞋，在后巷的那把摇椅眯着眼躺上一会儿。猛然发觉，她的脚也有了皱纹，浅浅的皱纹。未嫁时，她便穿着布鞋，挑着酒壶走街串巷卖酒，用小小的步子，为家庭尽着微薄之力。为人妻为人母后，她穿着廉价的胶鞋，风里来雨里去，踩过村口池塘边的泥泞，走过一道又一道的田埂。不喜赤脚的她，却常赤脚踩在泥泞里，精心打理着那几亩稻田。

迎着朝阳而出，带月荷锄而归。一步又一步，丈量出对生活的坚韧，对土地的热爱，以及那望子成龙、望女成凤的期许。

我的母亲啊，只是这世间万千农村母亲的缩影。有无数的农村妇女如她一般，热爱这片土地，也热爱着我们。她们将生活的苦独自咀嚼，只留下爱与甜给予我们。

（五）偷

自姐姐怀上外甥后，母亲就一直帮衬着，只逢年过节回来待上几天。

昨夜想念，就通了视频电话。

三岁的外甥异常高兴，对着屏幕，奶声奶气地“舅舅……舅舅”，喊个不停，母亲则是一脸宠溺地看着他。母亲此刻的神态，让我想起与她的点点滴滴。

她向来爱唠叨。衣食住行、学习生活，都在她的火力覆盖范围之内。说话总是带着股狠劲。特别是向她申请出去玩时，噼里啪啦，下冰雹似的：“有那时间玩，还不如多看点书！”“总是想着玩！”……这也导致小伙伴们都不太敢来我家找我玩。不过随着我的年岁增长，养成些习惯后，她也只是叮嘱几句就放行。

她觉得自己吃了没文化的亏，所以在教育子女这方面，从不含糊。她讨厌子女说脏话，就以身作则，克制着自己，很少听她说一些农村常见的粗语。偶尔在我脱口而出口头禅时，她就会掐一下我的脸，并严厉告诫这种话不能说。我含着泪，委屈巴巴地应着：知道啦。

对于学习，从无怨言。

开学领书那天，母亲都会去街上买来配套的教辅书，更别提买试卷、工具书了。回家拿钱，哪怕几十上百，她也是极为爽快。

屏幕里的脸庞，竟爬上了许多皱纹，头发也落上了几抹白霜。转眼，当年那个委屈巴巴的小男孩，已是长得比她还高了。青春，这个矫情的词语，已经不适用于她。

其实，我见过母亲年轻时的照片，就在家里那本相册里。她穿着衬衫，意气风发。

是啊，她也曾年轻，也曾志在四方，也曾有着那不切实际的青春的梦。

岁月偷走了属于她的青春——不！不是岁月！是我！

儿时被热水烫伤，她紧张地骑着自行车去街上拿药；从楼梯摔下来，我背过气说不出话，她搂着我拍着背，自己也哭了；初一的我，总是闹着要从县城的初中转回镇上，她找了份扫大街的活儿，在县城陪读。还记得那年的雪，很大很大……我高考填志愿时，我知道她是想我回来当老师的，可她依旧会对我说，只要我开心。

可我不懂事，嫌弃着她的平凡与市侩。

逢年过节去外婆家，总不顾母亲的请求，哭着闹着要早点回家；与她逛街，觉得她为了几块钱，能与人讨价还价许久，觉得没有面子；也鄙弃她，明明喜爱的衣物，只不过价格贵了几分，便能忍痛不买……

母亲一直瘦瘦小小的，从没胖过，可就是如此瘦弱的她，将家里打理得井井有条，让我们安心地读完书。哪怕到现在，为了不让姐姐太过于辛苦，又承担起照顾外甥的重担。

她可以舍弃所爱的衣物，舍弃自己的青春，唯独不会舍弃那颗爱我们的心。

父亲

我的父亲，20世纪60年代末出生于桂林一个偏远小县城的小村里，小村离镇上很远，要翻好几座山头，走上几个小时的山路。村里人口还蛮多的，邻里关系大多很和睦。爷爷和奶奶一共育有五个子女，三男两女，父亲排行最小。二十多年来，从父辈以及同村其他的口中得知了这个家族有太多太多的故事，我的父亲过得也一路坎坷，饱尝了世态炎凉，很早就白发满头。以前我总觉得父亲喜欢开怀大笑，是因为他真的快乐，也觉得习惯说俚语的他，俗不可耐。

我儿时对于他，更多的是怕，至于爱，远远不及现在。

可是随着年岁的增长以及心性的成熟，父亲的形象愈加立体。

（一）辍学

父亲年纪轻轻便辍学了，本没有什么文化的他，却会在本子上写散文诗。一篇又一篇，装满了一本又一本。

我的父亲读初一时，爷爷就去世了，又因一个“穷”字，便也不再去学校。那一天，他没了父亲也没了学业，一夜之间从孩子变成了少年。

懵懂的他随着同村长辈，一头钻进了林场。

林场，从小到大他去过很多次。可这一次，他不再是为了追逐山中鸟兽，而是那沉甸甸的生活。一根根比他还高的木头，压在了肩膀上，将他磨破了皮，磨出了血，却始终没压弯他的腰。

长辈告诉他，每出工的一天都要记录，这样日子才有盼头。他拿出未用完的作业本，那上面还有着写完的作业，旁边是老师用红笔批改的鲜艳无比的“优”字。

前一页是学习，后一页便是生活。就在一页的起落间，已是两种截然不同的人生。

他再也不用在作业本上写作业了，顺着作业后面一页，写下属于他的第一首散文诗：“×年×月×日出工一天。”

他的诗，从来不高歌自由与爱情，高歌的只有生活。

每天即使累得死去活来，也会提笔写下今天的诗。看着一行一行的字迹，慢慢将那一页填满，心底格外满足。梦里他看到了自己，抚平了老母亲那紧紧皱起的眉头。他想证明自己这个儿子，是做得合格的。

后来他有了家庭，为了更好的收入，他便跟人学起了起房子。从和水泥、提浆桶的小工做起，耐心地跟老师傅学着，熬过了几度春夏秋冬。在那一座又一座的未完工的房子上，他抬头看着南飞的雁，偶尔还是会想起当年在课堂上的少年。

那时心比天高，誓要靠学习走出大山。那时的他，断然没有想到，最终还是被困在了这个小山村。可一想起家中那对儿女，握着手中的砖，眼神里又坚定了几分。

每天傍晚收工还是会记录，只是作业本早已换成了更厚的笔记本。

日复一日，年复一年，那么厚的笔记本，他还是写得满满当当。他看着笔记本从第一页到最后一页都已写满，又看了眼身旁捧回奖状，等着他夸奖的姐弟二人。

他咧嘴笑了。心想，我这个父亲应该是合格的吧。

从十来岁开始，直到今天，父亲还是继续写着一首又一首的诗。他是世间伟大的作家，将苦涩的生活独自咀嚼，然后提笔写成平凡而质朴的诗歌。

他感受过失去学习的痛，尝过人间的苦，于是便想将世间里所有的爱与光明，都给予我们姐弟二人。可他没有文化，也不懂得说什么煽情字句。只好将感情藏进笔记本里，一字一句，从黑发写到白头。

如今我已读过比父亲更多的书，写过无数的文章，可还是写不出如他这般浪漫的散文诗。

（二）摩托车

父亲有一辆摩托车，其貌不扬的款式，却陪了父亲十四年。

四年级，我开始去镇上读寄宿制学校，离家十多千米。周末下午去学校，周五下午放假。

我与同村其他伙伴一同走路上下学，就这么迈着小小的步子，一周一来回。倒也有趣，十几人成群结队地背着书包，时常追逐打闹，谈着热播的动画片，争着没有意义的谁强谁弱。后来一同走路上学的小伙伴越来越少，原来是他们家里担心路上不安全，一个个都买了摩托车。

父亲看着越来越孤单的我，一咬牙，也买了摩托车。

于是，骑摩托车接送便成了父亲每周的必修课。

我常在父亲的身后，伸长脖子，迎着吹来的风，“噢噢噢”地叫着，任凭风灌满自己的口腔。

当时《仙剑奇侠传》正在热播，逍遥哥哥的御剑飞行简直帅到没朋友。我看着眼前不断后退的景物，总是幻想自己是修仙天才，此刻正在御剑飞行。也偶尔代入其他动画片的场景，比如摩托车是一辆变形金刚，等到世界危机，它就会与我并肩战斗等。

谁也不知道，坐在摩托车后座的少年，竟有着如此恢宏的想象力，谁也不知道，一辆摩托车可以带来如此有趣的奇妙世界。

冬天时节依旧要上学，农村的驾驶者自然不习惯戴头盔，用肉身面对如刀割的冷风。父亲也一样，但他常叮嘱后座的我：“靠我紧些，就不会冷了。”

我把脸靠在他坚实的后背，手窝在我俩身体中间。去学校，我的手跟脸依旧暖，而父亲揉揉冻僵的手跟脸，叮嘱几句要好好读书之类的话，又迎着寒风，骑车回家。

就在后座，就在一周一来回之间，少年一天天成长。

这辆摩托车自从进入我家，一直是父亲的得力助手。披着雨衣，风里来雨里去，常见得很。街上赶集，山间做事，又或者帮人起房子，都是它陪伴着父亲。日出而作，日落而息。

父亲也很爱惜它，闲下来便会为它冲洗，一出现什么小毛病，也会去修理。

它就像父亲的老友，只要一句话，便陪着他风雨无阻，载着一家人，一步又一步，稳稳当当地一路向前走着，十年如一日。岁月在它身上留下了许多痕迹，轻轻拂过，后座的那个爱幻想的少年又浮现在眼前，依旧在那儿伸着脖子“噢噢噢”地喊着。

它不言，却见证了所有。

如果你现在问长大后的我，世间幸福的事有哪些？

我会毫不犹豫地告诉你，那就是再做一回父亲摩托车后座的少年。

父亲的一句“一起去扯花生”，我便看到了早晨六点的天空。睡眼蒙眬地爬上父亲的摩托车后座，坐上去瞬间清醒。久违的感觉，席卷而来的是回忆浪潮，依稀看到了那个喜欢张着嘴“噢噢噢”的少年。

这块地之前是家中拿来种田的，儿时我也很多次踩着泥泞，插下一棵又一棵秧苗，割了一次又一次稻谷。

这些年我从未听闻父亲说起这块何时成了花生地。

父亲道：“早就是了，只是你在外多年，十多年没来而已。”

我哑然。原来在田边捉青蛙，田埂上追蚂蚱，找泥里那会钻地的“土狗子”，恍然已是十来年前的事了。

跟父亲一同劳作的感觉，与母亲截然不同。母亲素来爱絮叨些人生道理，啰唆些家长里短，而父亲更多的是沉默，大家各自闷头做事，偶尔会冒出几句对白，然后又沉默。

这块花生地打理得极好，没有多少杂草，看得出来父亲是下了功夫的。种这么一片花生地，播种、除草、施肥，寻常日子里做了许多，却从不主动说起。

我低着头从地里扯一棵苗，连根带土扯出一大串花生。那一颗颗散发别样清香的花生，我想起了小学课本上那篇《落花生》。花生矮矮地长在地上，将果实埋在地里。一如做人，要做有用的人，不要做只讲体面，而对别人没有好处的人。

我看了一眼弯着腰扯花生的父亲，他便是书上那样的人。他总是说得少做得多。不说煽情的话，只会默默地做事。衣服缝缝补补又三年，吃也极少讲究。他将生活的不体面留给了自己，却把拥有体面的机会给了我们姐弟俩。

父亲对于做事得心应手，在最开始就说他负责将苗扯出来，而我将花生一颗颗摘下，放进桶里，分工甚是明确。

日头升起，隔壁地里也来了

位劳作的老爷爷。攀谈之下，我想起儿时来此，常常会遇到一位幽默有趣的大伯，便是他。

上一次见他，依稀有记忆：

那是傍晚，我拿着他帮我抓的“土狗子”，跟在母亲身后，扭头跟他挥手道别：“明天我还会来的！”

如今他满脸皱纹，头发花白。

他笑道：“十来年前，我跟你爸一样年轻。”

突然明白，真正的分别没有长亭古道，也没有“劝君更尽一杯酒”，只是在一个和往常一样的傍晚，笑着说我明天还会来的。你以为明天还会再见，其实下一次见面已是十来年后了。

我看了一眼父亲，心里一阵轻松。我在求学路上离开他们太久的光阴，幸而如今，哪怕只是他的一句“花生熟了，一起去扯花生”，我就可以坐上他车的后座，与他一同到田间地头，享受这辛苦但充实的一天。

回家路上，父亲车技依旧稳健，而我偷偷地捏住了他腰间的衣服。

动作很轻，没有惊动他。

（三）对白

吃饭时，父亲正如往常倒着酒，突然看向我：“咱俩喝一杯吧。”

我愣了一下，他从来不允许我喝酒的，今日倒是怎么问起我来了。

在印象中，父亲喝酒向来很有规律。如果外出劳作，那么当天晚上，必然是要喝一杯的。不做活，则很少喝，只是简单地吃上几碗饭。而一年四季里，大多时候，他都是在劳作的。

如果说陪伴父亲最久的事物，除了那辆摩托车、砌墙的砌刀以及记工的日记本，那便是这如清水般的液体了。

父亲喜欢喝，却从小不让我碰酒。每当我看着他喝得津津有味，而表达想喝的诉求时，总是被厉声呵斥。其实只是单纯的好奇，好奇它是不是特别好喝，以至于父亲每日都离不开。

父亲性子倔，遇事总想分个高低。年轻时，每逢村中红白喜事聚餐，常常与人喝得酩酊大醉，不知留下几分清醒。大抵是因为年轻气盛吧。有时我在门前玩泥巴，听见脚步声，抬头只见他满脸通红，一身酒气，便会一溜烟爬上树，生怕无缘无故被他一顿训。我躲在树上，透过树叶的缝隙看着他，他吐得一塌糊涂，走路东倒西歪的。我心底就在想：为什么父亲不能少喝点酒？

所幸的是，后面他慢慢地改掉了这个毛病，直到现在，已经多年没见他喝醉了。哪怕过年走亲戚，也只是四杯就不再喝。我想，这肯定离不开母亲那日夜不停的唠叨。

大学，远赴外地求学。

父亲总爱在晚餐时打电话给我。隔着电话依旧能听到，他在喝完一口酒后，那声“啧啧”。

父子俩的对白总是简单。

“吃了吗？”“过得怎么样？”“还有生活费吗？”……

我敷衍着，想着他怎么变得如此啰唆了。

如今，曾经意气风发的父亲，头发已是花白，皱纹也无情地爬上了脸庞。而那位，被他训过无数次的、不准喝酒的男孩，也是长成了比他还高的青年。听着他主动邀我喝酒，我怎好意思拒绝呢。

他倒酒的手，依旧如年轻时稳健。只是在不经意间，手背上长出了老年斑。

父亲也曾打趣过自己已经开始老了。

当时的他，一边笑着说，一边轻轻地搓了搓手，像是想把那几块老年斑搓掉。可岁月的痕迹，哪里是说搓就能搓掉的。

他笑着问我工作上的事，笨拙的样子，似乎努力地找着与我的话题。

其实自从出来工作，明显感觉到父亲脸上的笑容，比以前多了些。

或许是自己长大了，不再那么惧怕他；又或许是因为他不再年轻气盛，也不再把我当小孩子。

看着他的脸庞，心里涌上了愧疚。

我从出生到如今，仅用了一声“爸爸”，便让他甘愿为了我的成长，让皱纹爬满他引以为傲的帅气脸庞，任凭寒霜挂满发梢，任劳任怨地付出了二十余载的心血。

而此刻，我却只能举杯：“爸，喝！”

一饮而尽。

这位名为父亲的男人，曾将我高高举过头顶，让我见识到了不一样的世界，长大后依旧用力托举着我，将我推向了更加美好的人生，而他还留在那只有一条山路的村落里，与山林为伴。

他啊，不善言辞，很平凡，什么也给不了我，却什么又都给了我。

（四）承担

从很小开始，我就是一个人睡觉。后来四年级去了寄宿制学校，性格变得更加独立。

前几日我对父亲说，晚上我想跟他一起睡。

正在刷短视频的父亲，闻言一愣，似乎不太相信自己所听到的。

我最近烦心事很多，心情过于起起伏伏，这也算是心思太细腻感性的一个弊端。当时正拿着杯子从热水壶倒水，心里却依旧想着一些乱七八糟的事。极为烦躁之下，心思一动，开口跟父亲说了这句话。

说出口时，我也觉得不可思议。原以为会遭到拒绝，没想到他一口应了下来。

关上灯。

父亲说："这个床，你应该有十多年没睡了。"

"是啊，好多好多年了，也好多年没跟你睡一起了。"

父子俩躺在同一张床上，盖着同一床被子，睡前闲聊着，从我的儿时趣事聊到长大，天南海北地聊着。

这种感觉很亲切，很舒适。

聊着聊着，父亲进入了梦乡。

我听着他的呼吸声，不知不觉也睡着了。

其实从去年下半年开始，我就常常失眠，有时凌晨两三点才能入睡。即使睡着，也会不断地做梦，耗费心神。

这一晚，我却睡得格外安稳，格外香甜。

一觉，睡到了天亮。

以前正值青春期时，我是很不喜欢与父亲同一间房的，觉得有他睡在旁边，我就不能玩手机。他身上的烟味，也让我更加不自在。所以，哪怕出去旅行，或者其他，都是住的双人房，尽可能避免与他睡在同一张床。

印象中，上一次与父亲睡在同一张床，还是在初一。

那时的我体弱多病，常常请假回家。为了更好地照顾我，父亲就是跟我一起睡的。

“你别担心啊，家里有钱的，你安心养病就好了。”

“我跟你妈，前两天去砍了一方树，等把它们从山里扛出来，可以卖很多钱的。”父亲的这段话，到现在我都记得。

我想，父亲这是怕他那心思早成的儿子多想，因为生病花了家里太多的钱，心里憋着一些愧疚的想法，才会如此安慰。

那时我是信了的。

现在回头想想，那就是父母从深山里赚来的血汗钱啊！

在深山种树本就是需要时间成本的事情，十年生的树木才勉强卖得出好一些的价钱，而且砍树也是极为不易的事，一棵棵锯倒，然后等上一段时间，等水分散去，再将树皮剥掉，这一切靠的都是人工。剥去树皮以后，还要扛到路边，没有机器帮助，有的只是父母那血肉做的肩膀。

一棵又一棵。

人哪，还真是奇怪。只有等到自己年纪越来越大时，才会明白那藏在普通生活里的真意。

学生时代，总觉得写亲情的作文，做作且矫情。每次面临跟亲情二选一的作文选题时，会毫不犹豫选择另外一个。我学生时期的那一沓作文本里，写过友情，歌颂过爱情，赞美过风花雪月，唯独亲情是最少的。

对于亲情，更多的是觉得理所应当。

长大后，却喜欢上用文字记录关于他们的点点滴滴，每次创作都是嘴角挂着笑意，想把我心里那份温馨让更多的人知道。

后来，我被他们用双手托举着，带着期望，慢慢长大。路过人间，看过燕来雁去，触碰到不同冷暖，见识更宽广的天地。遗憾的是，那沾满期许的嫩芽，未能长成一棵参天大树，成了再普通不过的小草。但他们啊，一如既往地认真爱着我，好像我还是那株嫩芽，一株值得永远去爱的嫩芽。

（五）与鱼

父亲喜欢养鱼。

在我儿时，最期待的事，放水抓鱼算一件。而今日，父亲早早地叫醒我，说要抓鱼了。我一跃而起。

父亲养鱼跟种西瓜一样上心，无论多累，都会去田里转转，看看鱼塘是否有水。每次去都会在田埂上跺一脚，听到鱼儿受到惊吓乱窜的声音，才会安下心来。

每日如此，他倒是乐此不疲。

按照父亲的习惯，他一般一年只养两拨鱼。

第一拨是在插完秧苗，待它们茁壮成长后，在稻田里放上数十尾鲤鱼，直到稻子成熟准备收割时，再抓出来。在水稻结穗时，会掉落禾花，而田里的鲤鱼以此为食，自然肉质鲜美无比。

第二拨是在收割稻子以后，挑一块田，堵上水，放上数十尾鲤鱼。直到临近年关时，有些抓来做腊鱼待客，有些养在清水池里，时不时为饭桌添一道菜。

父亲曾养过几条草鱼，常常在傍晚去山边割来最新鲜的鱼草，用以投喂。记不清是哪年夏天的傍晚，太阳已经落到山头，不似白日里燥热，而那摇摇欲坠的夕阳洒出金黄色的光，铺在田埂上，铺在田埂上那抱着鱼草、慢慢行来的父亲身上，鱼塘水面也成了一面黄灿灿的镜子，这时蹿起了一条鱼儿，荡开了一圈又一圈的水纹。

后来在学到一个词时，我第一时间想起了这个画面。

这个成语叫“岁月静好”。

在那个年代，他从日出开始砌墙，一直砌到夕阳西沉，这样才能供给着子女上学。一日的劳作归来，身体早已是疲惫不堪，回家后还要去打理自己的鱼儿，哪怕下雨天，依旧要披着斗笠，冒雨去转一圈，生怕水满了，鱼儿都跑了。

谁愿意自己在本就辛劳的生活里这么劳累?

究其原因，只不过我与姐姐爱吃罢了。

正如他种了那么多年的西瓜，只因我们爱吃，那便一直种着。

儿时每每放水抓鱼，父亲总会叫上我与姐姐。说是一起抓鱼，其实姐弟二人也就蹲在田埂上，充当着啦啦队，时不时兴奋地

看着田里的鱼儿大呼小叫，小手指东指西，忙叫父亲抓。

父亲打着赤脚，裤脚挽得老高，在田里深一脚浅一脚追逐忙碌着。每次父亲抓起放到篓里，我都会欢呼一声。那时只觉得抓鱼好玩，却忽略了那临近年关寒冷的天气。

一年到头，鱼是父亲管着，在刺骨的天气下水抓鱼的，也是父亲。而我们，只用在饭桌上等着吃。父亲从来没抱怨过，只会在吃的时候，一直笑着叫我与姐姐多吃两块。

“平时唠叨要吃鱼，现在随你们想怎么吃啦！”

他总是在付出，默默地，竭尽自己的能力，去给予姐弟二人最好的。

今年，也是如此。

饭桌上，炖了满满一锅鲤鱼。他帮我夹了一块，放到碗里，叮嘱着我多吃两块。

晚上父亲特意打了个电话给母亲，骄傲地向她炫耀着今年的收获，还说帮她和姐姐留了很多，那语气就像打了胜仗的将军。

（六）选择

在知道我感染新型冠状病毒，生病发烧的时候，父亲便打来电话，说要来照顾我，吓得我连忙说能照顾好自己。在那一个星期里，他每天收工回家，都会打电话询问我的身体状况。

“身体要是实在不舒服，别硬扛，告诉我，我去照顾你。”这句话，他重复说了好多次。

他没提过一句担心我传染给他，他只知道他的儿子现在需要他。

对于父亲，我总有写不完的文字，也写了很多很多关于他的文章，但依旧觉得表达不了自己的那份情感。

他是个脾气急躁，又带点大男子主义的男人。有好几次因为这个，我与姐姐也好，母亲也罢，与他吵过没必要的架。他要强、好面子，年轻时喝酒，总是喝得烂醉，因为他听不得别人说他喝酒不行，也常常与人争论些无关紧要的话题，争论到面红耳赤。

他更不想有求于人，只要自己能够做完的，哪怕咬着牙，也是万万不会轻易开口求人的。所以儿时只觉得父亲是个没啥文化、不懂啥道理的农民。

可就是这么一个男人，却又甘愿花那么多年的时间，等着我长大才去明白他的爱。

其实我也不知道从什么时候开始明白的。或许是初中得了红眼病，校医怕我传染给他人，父亲深夜骑着摩托车，从小山村赶到县城，将我接回家；又或许是读大学后，他与母亲的那一次次关心的电话……好多事情在悄悄发生着。

要说印象深刻的事，我毕业后回到家乡考编算一件。

那时，母亲已经去帮着姐姐带外甥了，就剩我与父亲在家。我备考的那一长段时间，父亲就不再出远门了，只接些在家附近的活儿。哪怕有同村好友，在外面有很好的差事，他都拒绝了。

我是挺想他跟着同村人出去务工的，在老家的活儿很累，早出晚归，而收入也是不太好。

可他却说："我苦这段时间不要紧，要是不在家陪着你备考，留你一个人在家，怕是受不了这个寂寞。"

等进入了面试，他开始寻有相关经历的亲戚帮忙，只希望能够教教我面试的方法。看着要强的他各种赔笑的样子，我其实也想过让他别去求人，最坏的结果不就是考不上吗？可看着他眼中闪烁着的期盼，我却开不了口。

考试的头一天，我很紧张。

我跟他半开玩笑地说，考不上怎么办？

他笑了笑，说道："考不上要什么紧，大不了明年再陪你一年嘛。"

我心里酸酸的："爸，你真好。"

等成绩出来，第一，成功录取。

那天晚上，他一个人在老家，独自喝酒，却也喝得尽兴。

他开心的是，他的儿子终于不用走他的老路，也算跳出了这个困了他一辈子的山村。

我的一声"父亲"，让这个男人为我操劳了大半辈子，"父亲"二字，简单却又无比沉重，他花了几十年的时间，完美诠释了这两个字的含义。

（七）西瓜

父亲向来是对种西瓜情有独钟的。

小时候家里没钱，夏天又热，要强的他每年都会挑地方，种下几窝西瓜苗。

这样，一家四口年年都吃上了解暑的西瓜。

现在生活好一些了，他依旧不准我们上街买，说终归是自己种出来的瓜更清甜些许。

他的形象一直高大。

可就是这样的他，昨晚告诉我，他的手指不知道为什么，有点溃烂了。

我抓起他的手——这是我成年以来，第一次认真看他的手。手指上布满了疤痕，手上的老茧犹如一个个山丘，手背的皮肤如老屋的那面老墙一般，斑驳不堪。我轻轻地抓着他的手，指尖传来的是粗糙硌手的触觉。

我的手是白皙的，一直引以为傲的肤色也是遗传他的。

一双流淌着他的基因的手握着他的手，竟成了这世间最鲜明的对比。

而此刻，他的手早已没了年轻时的半分白皙。

父亲是一位砌墙师傅，顶着酷暑，冒着寒霜帮人家起房子。

他弯了无数次的腰，拿起一块又一块的红砖，砌出了一道又一道的墙，起了一座又一座的房子。他就是这么一块块的红砖砌着，每天重复着同样的动作和工作，用那双沾满了水泥浆的双手，将我们姐弟送进了大学。

这些年，他的肩上扛过多少包水泥，手上倒过多少桶泥浆，我真的不敢去想象。

我小时候总以为他的工作很轻松，因为每次收工回家，他都是吹着口哨，哼着小曲。

我也常不懂事。

因为家里的操劳，在我读寄宿制小学四五年级时，他的头发就已花白了。在他去过一次我的学校后，同学纷纷说他是我爷爷。年幼的孩子心里总是脆弱的，所以我怕被同学嘲笑，无论后来的家长会，还是送东西，也都只让母亲去，死活不肯同意他再去学校。哪怕平时送我上下学，我都让他在桥头等着。

期末放假，需要父亲骑摩托车去拉被子和书，我才找不到拒绝的理由。

那一次去接我，他……染了头发。

他啊，就这么不善言语，却总让我眼眶湿润。

今天带他去医院看了，真菌感染。医生说，没大事，坚持擦药、吃药就会好的。悬了一整晚的心，这才放了下来。但他的手，已深深刻在我的脑海里。

他的手掌也许同大地一样，有着绵延的山川，有着奔腾不息的河流，有着无限而又簇新的生机，而他心甘情愿地耗费着他手掌中的生机，去滋养着我和我姐，让我们就这么一路生长着，才有了如今的我们。

今年他依旧种了西瓜，在门前的田埂上。可惜的是只结了一个手掌大小的西瓜。

开车路过镇上，我说买个西瓜吧。

他说买那玩意干啥，自己种的甜些。

我说："我不听。"

故事的最后，父亲还是没能拗过儿子，看着他掏钱买了一个又大又圆的西瓜，递到了我的手上。

在长大的过程中，那个无所不能的男人，那个拥有超能力的男人，慢慢变得平凡，似乎他的超能力没有了，不再是超人。我明白了有好多事也有他搞不定的时候，他也会难过，也会内疚，也会落泪，可他依然坚强。二十年来看见了许多他普通的一面，才明白他也跟我一样是个普通人，跟我一样年轻过，意气风发过。他并不是生下来就是如此，他有过理想，追逐过，也跌倒过，也满眼星辰过。

有种说法是，我们在出生之前就看过这一生的剧本，之所以还会选择，是因为这个剧本中有我们值得去选择的剧情和人物。

他的一生算不得一帆风顺，有的只是万千农民共同的平凡。既然我提前看过剧本，依旧还选择了这个成为他儿子的剧本，那他一定值得，即使他平凡，即使他只是一个俗人。

这一点我用二十余年的时间去证明了选择的正确性，不只是他，我的母亲与姐姐，都是让我感到正确的存在，所以哪怕我的未来剧情是平凡的，是没有波澜的，因为光是他们给我所带来的这些爱，这个剧本就足够不让人后悔了。

复读机

姐姐有一台复读机，配色极其单调，却将一份名为童年的回忆承载。

老姐开始读初中，那时与书本配套的，会有一盒英语听力磁带。为了锻炼英语听力，父亲咬了咬牙，为她买了一台复读机。多少钱买的已然忘记，但依旧没忘记父亲拿出复读机时的语重心长，以及老姐的满脸笑容。

刚开始，姐姐将它奉若珍宝，我想要碰上一碰，也得老姐在一旁才行。

耳机是挂耳式的，有一层软软的薄膜。将它小心翼翼地挂在耳朵上，听着里面叽里呱啦的英语听力，竟也觉得有趣。

老姐倒也争气，英

语成绩因此也进步了一截。总不可能一天到晚听着英语听力。我姐便像我买光盘一般，偷偷攒钱买了几盘音乐磁带，偶尔也借同学的磁带。

我姐初中开始寄宿制，我还在小学。每当周一到周五，我是最开心的，那样便可以独占复读机。在父母做事回来之前，戴着耳机写作业，简直是人间一大美事。

当然，要提防父母回来时的动静，不然一场大骂是必然的。

晚上偶尔也会用复读机偷偷听歌睡觉，伴着歌声入眠，常常能做美梦。美中不足的便是第二天起来，耳朵会被耳机硌得生疼，那种老款的挂耳式耳机属实太硬了。

2005年“超女”的火爆，让老姐成为追星一族。那个夏天，她带着我，抵着夏日里屋里的闷热，守在电视机前，一身臭汗依旧看得津津有味。我是看着她们一路过关斩将，成为全民偶像的。那是我认识最多选手的一届。

后来，复读机里的磁带也成了她们的专属歌曲。

那盘磁带，现在依旧留着。

除了听歌，复读机还有录音功能。听歌听腻了，便会录自己朗诵的声音，录自己唱歌的声音，虽然朗诵得蹩脚，唱得也五音不全，却是第一次听到自己的声音是怎么样的。

原来自己平时听到的声音，和

录下来的声音完全不一样。初中学过物理的老姐告诉我，这是声音传播方式的不一样所导致的。这个初中的知识，我小学便懂了，因此在小伙伴面前嘚瑟了好一阵。

相貌平平的它啊，却带给少年这个世界不一样的趣味。无论是那些个陪伴入眠的夜晚，还是对着它说带着口音的普通话，都是它赠予我的专属回忆。我戴着它的耳机慢慢长大，从一盘盘不一样的磁带里，看人间的雨，听世界的风，触碰不同的灵魂。

我本想买一台一样的复读机，装上几盘以前的磁带，听那些熟悉的歌，梦回当年。

想想，最终还是作罢：

“欲买桂花同载酒，终不似，少年游。”

光碟

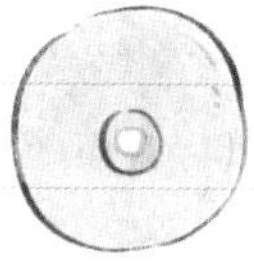

家里有台DVD机，父亲在我读小学时买的。

当时已经在住校，很清晰地记得是在某个下雨的周五，放学的我快迈到家门口时，听到家中传来一阵类似于群魔乱舞的声音，属实难听。

回到家，一看，父亲竟买了一台DVD机！

电视里正放着云南彩调。彩调嘛，就是“老司机带带我，我要上昆明”那种形式的。父亲躺在竹椅上，跷着二郎腿，眯着眼睛，嘴里哼着相同的曲调，十分享受，连他的宝贝儿子回来了都不在意的。

我捂着耳朵，关上了房门，毕竟十来岁的小学生，哪里欣赏得来这种奇特艺术形式的光碟。

世间碟片千万，父亲唯独偏爱那云南彩调，时常早晨时分，我还在睡梦中跟怪兽搏斗时，那很有特色的腔调就已通过耳膜，传达到了战斗现场，瞬间就感觉场景置换，前一秒自己还威风凛凛地面对大怪兽，享受着世人狂热的追捧，下一秒便已经置身于美丽的彩云之南，跟当地人对起彩调。我的耳朵与眼睛因此在很长一段时间里，受尽折磨。

若不是父亲的威慑力过大，它怕早已在我手中“香消玉殒”。

以为日子会一直这般难挨，直到去过光碟店里，看着五花八门的碟片，眼睛一转，就动起了小心思。

小心翼翼地询问老板价格。

老板摊开手：“五元一张。”

当时一星期零花钱是十块钱，这是唯一的经济来源。除去六块钱往返的车费，再除去用来星期一中午充饥的一块钱包子，还剩三块钱，而自己知道家里不易，往往是会在星期五回家拿两块钱还给母亲的，自己便只有一块钱的零花钱。

于是狠心跟那一块钱的零食说了再见。

这对于住校的孩子来说，忍住一个多月不吃零食，那是很考验意志力的。

熬了两个星期，终于是捧回了第一张属于自己的碟片。

我一直记得那张碟片的名字——《仙剑奇侠传》！

敢问哪个男生心中没有一个灵儿，又有哪个女生心中没有一个逍遥哥哥呢？

“我李逍遥要做天下第一大侠！我要锄强扶弱！我要名垂青史！”

当年逍遥哥哥在电视机上的一个回眸，便让我甘愿戒了一个月的零食。看着同学吃辣条，我偷偷咽了无数的口水，正因为这种苦难，让自己对这张碟片格外地珍惜，所以从来不外借。即使好多小伙伴和同学求着借，各种软磨硬泡，都没有借过一次。现在想来，自己还真是无情，不像现在，很难再轻易对人说拒绝。

后来再过些日子，DVD机家家户户也基本都有了，所以班级里和村子里，便流行起互换碟片。

我们之间有个不成文的规矩：彼此都是以碟换碟，拒绝空手套白狼，而且必须规定时间内归还。

如果你老是超过时间才还，就很容易被拉进大家的黑名单里。当然，除了以碟换碟这种比较正式的方法，也是有其他的办法让你借到碟片的。比如说打感情牌，或者请人吃上一包辣条。总之，只要思想不滑坡，办法总比困难多。不过你的手里还是得有几盘硬通货，这样才能很顺利地换到你想看的碟。曾经有同学拿云南彩调的碟，去换别人的《变形金刚》，被我们笑话了好久好久。

像我手里就有好几盘硬通货——《古惑仔》《天眼小神童》《百变机兽》，堪称无往不利，甚至被人排队预约。因此，自己总能轻而易举换到自己想看的碟，比如周星驰的无厘头系列电影。

放假看碟片，大家往往喜欢挤在一起，谈论剧情，但因为人数太多，叽叽喳喳地吵个不停，有时谈论得起劲，就会演变成辩论赛现场，那声音大得连房梁都要被震下来，所以常常会被家长们嫌弃。

“你们天天就知道看电视！作业做完了吗？！”

“读书要是有这个劲头，清华北大都随你们挑了。”

作为聪明的我们，每当听到家长们开口说这样的话，就知道该拿着碟跑路了。

于是，我们习惯打游击战，拿着碟片在这家看一些，等被嫌弃了，就又跑到那家去看，大家乐此不疲。

DVD机和光碟其实是一样的，我之所以一直记得，更多的是，因为它们身上承载了太多关于童年的回忆，也是那份回忆让人久久不能忘怀，以至于我舍不得把早已过时的它们，扔到垃圾桶里。

你看，现在DVD机已经用不上了，父亲偏爱的云南彩调许多年没有响起，而我的逍遥哥哥也蒙上了一层灰。轻轻拭去它们身上的灰尘，插上电源。今日，就让我与逍遥哥哥再见一次面，一同把酒言欢，御剑九州。

停电

不知什么原因，天气好好的，傍晚却停了电。根据从小到大的经验，傍晚停电就意味着，今晚是不会来电的，所以不必对它抱有希望。

冬夜停电也无妨，那就劈柴烧火，吃一顿柴火饭。

今年自开春以来，倒是很少烧火。虽然许久没有生火，但操作起来还是得心应手，一手烧火的技术还未生疏。劈柴、架柴、劈引火柴……

不一会儿工夫，炉火就被烧得旺旺的，火苗蹿起老高。

随着火苗的出现，昏暗而冰凉的厨房里，摇曳着暖黄色的光，也变得暖和起来。

生好火，接下来就该淘米煮饭了。

寻出一口小铁锅，黝黑且朴实无华的造型外观，普通却又不普通。因为在十多年前，电饭锅还未普及的年代，与我一同承担起烧火煮饭大任的，就是它，我用它煮出了一锅又一锅的香喷喷的米饭。

家中的煮饭水平，我称第二，没人敢称第一。

可能是许久没有与它并肩战斗，今日是马失了前蹄——米饭煮得略微夹生。父亲笑着调侃道：“小时候你可是用柴火煮饭煮得最好的，今日发挥失常，是不是因为太久没煮了？”

幸亏屋内只有那摇曳的微微火光，才勉强遮住我那窘迫的神色。

还是父亲经验老到，他把米饭倒进已经煮好饭菜的铁锅里，用锅盖盖住，带着我吃了一锅焖饭。

吃完饭，因为停电，客厅、房间都黑漆漆的，无处可去。时辰尚早，睡觉也睡不着，我与父亲就围着火炉，有一搭没一搭地聊着天。炉中的火苗，映得父亲的脸红通通的，连那白发也红通通的。我突然想，要是老妈和老姐也在一旁就好了，就像十多年前一样。

儿时的冬日，外面天冷。于是一大家子在吃完晚饭后，就如今日这般，围着火炉聊天。类似于茶话会，倒也不用担心冷场，毕竟有唠叨的老妈和幽默的老爸在。

待聊得腹中消化些后，就该洗脸洗脚了。天气冷，大家都是两天才洗一个澡，洗澡的时间也是固定的，除了做事出了汗，是要统一在同一天洗，因为这样，几人换洗下来的衣服，老妈可以一起洗。

洗脚这件事也挺有趣的，家中的规矩是谁最后洗完就负责倒水。于是，我跟老姐总是争着要在前面洗，绝不拖拖拉拉，动作干净又利落。有时父亲假装要抢在前面洗，我跟老姐会赶忙阻止父亲。

一家人围坐在一起洗着脚，看着电视里的天气预报，讨论着明天的行程。旁边火炉里的柴火燃烧着，时不时啪啦响一声，炸起点点火光。在那墙上倒映着摇曳的暖黄色火光，还有那一家四口的影子……

看电视、聊天时，父母常拿些零嘴来，放到火炉里烤着吃，不是现在的薯片、饼干之类，而是像马蹄、橘子、鸡蛋、红薯等。特别是烤红薯和烤鸡蛋，如今想想，都会流口水。在那个物资极度贫乏的年代，正是父母用自己那不一样的方法，给予了我与姐姐有趣而印象深刻的童年。

正当我想着，手机铃声响起，将我从回忆的长河里拽了出来，心里微微失落，毕竟谁不想一直待在那么美好的时光里呢？

接通，是母亲与姐姐抱着外甥打来的视频电话。外甥咧着嘴，问我吃了饭没，还要找外公聊天。这一间小小的承载了童年的厨房里，又响起了久违的欢声笑语，其中还多了一道奶声奶气的声音。他在喊着“外公”“舅舅”……

我的读者

晚餐。

正忙着与碗中米饭做斗争的我，耳边听见母亲问道：“你今天还没写文章吧？”

“文章有那么好写就好了。没灵感，怎么去写呢？”我漫不经心地回了一声。

母亲闻言，便不再作声。

饭后我因有事，借用了母亲的手机。准备退出时，我鬼使神差地打开我更新文章的平台，看了看她的主页。没有一个作品，但点赞列表里最多的便是我。一路滑下去，我的每篇文章，她都点赞收藏了。

我突然明白，母亲刚才为什么会问那句话。

因为她是我的忠实读者啊！

仔细回想。从我最开始写文章，母亲就让姐姐教她，如何点击查看。那时每次发布文章，都能看到她的点赞提示。我以为她的点赞和收藏，都是顺手而点，不会认真阅读我所写的文章。点完，就会自顾自去看她喜欢的视频。

不仅是对母亲，对于父亲，我也这样认为。

父母是识字的，在那个年代，他们也读过一两年初中。即使如此，我依旧觉得他们是读不进我这种文绉绉的文章的。

其实，关于这个问题，生活已经给了我几次答案。老姐曾无意提起，母亲每天都会看上好几遍，看我是否更新。我也看见父亲好几次端坐在客厅，戴着那副黑漆漆的老花镜，一脸认真地看着手机。手机所外放的音乐，正是我文章的配乐。而音乐在客厅里一遍又一遍地重复播放着……

在母亲身上，同样的场景我也看到过。

是我低估了，低估了他们那颗认真爱我的心。

在前些日子，我写的那篇关于“八十块钱请六十岁以上老人做事”文章，父母还为此争论过。

父亲觉得我某一处写得不太详细，真实情况没有体现出来，而母亲则是为我力争，说我写得很好，体现出来了。

你能想象这样的场景吗？

两位头发已然花白，在农村生活了大半辈子的农民，此刻不为田，不为地，竟为了一篇文章而争论，甚至还能说出原文中所写的句子，以此来反驳对方。

他们无微而又认真地爱着我，而我却自傲地以为，他们读不懂文章，更读不懂我的思想。

我还自诩用细腻的心思去热爱生活。现在回想，惭愧啊！

他们不知道说什么煽情字句，也不懂怎么直接表达自己的爱，只能把这份爱藏在生活的点点滴滴里。然后，润物细无声，让我被如此认真地爱着，却不自知。

我很庆幸，我能成为他们的儿子，也很感谢他们二十多年如一日地深爱着我。

想起某日与同事的讨论，如果当初投胎到有钱人家，就不用这么辛苦了。

我说我不想，因为这样的话，父母就不会是现在的了。有这样的父母，生活辛苦点又如何。

他说他也是。

两人相视一眼，随即哈哈大笑。

少年时代

梦想趣事

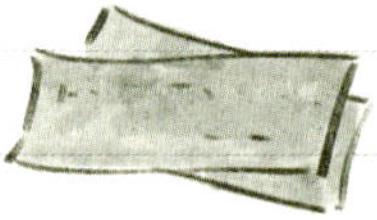

我坐在电脑前，想要构思一篇文章，但不知道从何写起。

思索许久，想到此刻坐在电脑前是为了实现那个小小的作家梦，联想到自己曾有过许多大大小小的梦想，比如科学家、小卖部老板等，或多或少都为之努力过，有些不值一提，有些充满辛酸，有些则有趣到难以忘记。自己爱写一些略带伤感的文章，为了读者，为了自己，的确需要一点趣味来调剂。

今天就来说说其中比较有趣的梦想故事。

这个梦想故事是关于当小卖部老板的。

我们村人口比较多，村里开了好几家小卖部，在学校的旁边就有一家。每一家的柜台里都摆放着琳琅满目的零食，我跟所有的小孩子一样，最喜欢里面的辣条，价格大多是一毛钱一根或者一小包，五毛钱一包的豪华辣条也有，但不是我能消费得起的。小时候家里的经济条件不是很好，一毛的辣条都算得上有点奢侈。有人视辣条为奢侈品，而有些人拿辣条当家常便饭，校门口那家小卖部老板的儿子就是跟我同一个班，辣条零食想吃就吃，这一点引得无数人羡慕。我就是在这个时候第一次萌发了当小卖部老板的梦想，暗自在心底下定决心，以后一定要让自己的儿子成为同学这样辣条自由的人。

这是一个因为辣条而出现的梦想。

关于这个梦想的故事，真正的发生时间是在镇上读寄宿制小学时。学校的必经之路有座大桥，桥头有家小卖部，店主是一对年迈的夫妻，满脸褶子，不爱笑，店名异常简单，就叫作“桥头小卖部”。因为开在学校旁边，每个星期一的早上，生意都异常火爆，正是因为不怕没有客源，加上年纪比较大，他们对待我们这些小孩子几乎没有好的态度。

当然，小孩子对于这些并不会在意，在意的只有柜台里那一包包辣条、干脆面以及糖果，我是其中之一，手里高举着一块钱，跟同学们挤在小卖部柜台前，大声喊着：“老板，要两包辣条。”

岁月静好的日子就这么过着，直到不经意间知道有人把辣条带进学校，等到星期三大家零食消耗得差不多再拿出来卖。

最好卖的是那种在每个小卖部都能买到的麻辣豆腐皮，薄薄的一片，价格是一毛钱一片。两块钱可以买一大包，里面有三十片。

把它带进学校里，售价则涨为五毛钱三片。

我知道这个消息的时候，就像往心里丢了一个火把，点燃了那个当小卖部老板的沉寂梦想。

自己跃跃欲试，但没有贸然出手，而是耐着性子去各方打听消息。得知学校里卖辣条的正是六年级的那几位“老大”，手底下还带着一帮小弟，同时也打听到，前不久已经有人尝试带东西进学校售卖，但被那几位带着一帮小弟堵在宿舍吓了一顿，几包辣条还被抢得精光，换作任何生意人都容忍不了抢生意的行为，更何况是在学校横行霸道惯了的他们。

我估量了下自己只有五年级的实力，似乎无法跟六年级的他们进行抗争，于是决定将计划推迟半年，等他们毕业，自己实力增长到六年级再行动。

在蛰伏的这半年里，一有空闲便会在脑海里不断推演剧情的发展，从起步到发展，一步一步，事无巨细，以此不断去完善自己的小卖部梦想计划。

所以当我升入六年级的第一个星期，就迫不及待地按照计划走进老街里的一家批发部。这家批发部是自己货比三家之后，单方面选择的合作伙伴，里面辣条、糖果种类齐全，批发价格也算公道。

从镇上到村里通了班车开始，每个星期一来学校之前，母亲都会给我十块钱。六块钱用来往返搭车，剩下的四块钱，有两块钱用来买包子，用来应付周一那没有饭吃的中午，剩下两块钱则自由支配。

按照计划，第一个星期只能买一包麻辣豆腐皮，但没想到父亲在骑着摩托车送我来学校时，顺便帮我买了几个包子，此刻手上的启动资金出人意料地有了四块钱。

待父亲回家之后，自己偷跑回了老街，拿着四块钱买了两包麻辣豆腐皮塞进书包。

就是从这个时候开始，一个日后让老师都咋舌的商业版图缓缓浮现。

我的目标很明确，就是要在最短的时间里从一群选手里脱颖而出，因为等升到六年级这一天来做这个冒险买卖的，不止我一个，但行动最快的，只有我一个。

第一个星期，我以五毛钱三片的价格，将两包六十片的豆腐片销售一空，四块钱的投资变成了十块钱。

雷厉风行的速度让人惊叹。

在第二个星期竞争对手他们开始行动时，我已经拿着赚来的十块加上两块零花钱，凑成十二块钱，批发了三包豆腐皮和一盒五块钱的棒棒糖（一盒八十个），此刻我的手上掌握着九十片豆腐皮和八十个棒棒糖的资源。

拥有如此丰富的货源做后备，当他们打出五毛钱三片的价格时，我便大方给出了五毛钱四片的竞争价格。

引来一阵哄抢，至此名气直接打响。

其实这个行为已经算是扰乱市场价格，恶性竞争了，但那个时候没啥概念，自己就一个目的，做大做强，成为这个学校最大的小卖部老板，谁都不能阻挡。

接连几个星期都是如此操作，在许多眼红的目光里，资金越滚越多，购买的零食品种也越来越丰富。

在这期间，我还做了一件事。

“军哥，这点小小心意你先收下，以后罩一下我。”我递上一袋辣条。

军哥自然地接下辣条，顺手揽住我的肩：“那不用讲，咱们兄弟们。”

“好讲好讲，以后你来买辣条，跟外面一样的价格。”

军哥是我们这届六年级的几个“老大”之一，我做的事就是向他们示好。每人如法炮制，送了一包豆腐皮，而且许诺以后他们来我这里买零食，一律按照外面的价格卖给他们，如果买得多，还可以多送点。

因为我们本身就认识，平时相处我也没有什么好学生架子，再加上是老师跟前的“红人”，如果贸然找我麻烦，他们大概率会吃不了兜着走。

于是他们都很爽快地表示不会来找我麻烦，而且慷慨许诺让我遇到麻烦可以找他们。

来自学生内部的最大威胁已经解决，接下来就是如何将雪球越滚越大了。

看着我生意好得不行，其他势力也只能忍痛涨到跟我一样的五毛钱四片，但他们没想到我又搞起了活动：比如随机的一个时间段，我会发布消息按照外面的价格售卖零食辣条；又比如买五毛钱四片的辣条，送一个泡泡糖或者棒棒糖，因为糖类是销量最差的，常常剩下，所以想了个这样的办法。

这些想法都来源于平日里看的课外书，只是此刻大胆将它尝试了起来。

得益于此，我的生意就愈加火爆了。

因为进货量的日益增长，自己那小小的书包装不下，于是凭借着人情和几片辣条的好处，请了两个平时成绩和表现双优的同学在星期一帮我运货进学校。

为什么要找表现好的同学？因为这样才能避免引起怀疑，不然鼓鼓囊囊的书包很容易被门口的值周老师搜查。

那时候学校在这方面的管理都比较宽松，并不会每个学生都会检查，而且辣条等食品是允许带进学校的。虽然大环境如此，但总有人不愿意或者不敢像我这样去冒险行事。

我之所以能够在短时间里风生水起，更多的是在最开始就有清晰的目标，知道每一步该如何去走，这一点极为重要，哪怕现在回想起，我都会对那个年纪的自己感到诧异，竟能够做到如此的条理清晰。

前面提到过，做小卖部生意的同学也不是没有，但没有一个像我这样疯狂的。头个星期的所有收入都会全部用于下个星期的进货当中，丝毫不给自己留退路，不像其他人赚了点钱就会拿去买自己想要的东西，以至于第二个星期的规模还是一如既往。

我疯狂地往里面投入，后面甚至还会拉投资，比如头个星期五在我这里投五块钱，到第二个星期五我会还给他六块钱，不过只有寥寥几人参与过。其中有一个家庭条件比较好的同学，每个星期都会投十块钱给我，而我会在每个星期五还给他十二块钱。哪怕到后面我的小卖部集团崩塌，他还来问过我几次，是否准备东山再起，他可以投资五十块钱作为启动资金。

后面随着规模的扩大，一个人忙不过来，我就让几个朋友一起参与了进来，帮助打点这个事情。我负责带人统一进货，然后每个人负责不一样的零食售卖。当然，我每个星期都会给他们发几块钱工资。

问题也是从这个时期开始浮现，最开始自己还会记账算账，但是当手上的资源数不清的时候，这些零碎的账记起来就太费时间了，而且还把资源分流了出去，几个合作伙伴又不记账，所以他们卖完以后给我多少钱就是多少钱，我也从来不会去计较。

这里有个插曲，他们当中有几个是一嘴馋就会从货物里面拿东西出来吃，不肯自己付钱进去。我跟他们说过，如果想吃，自己人按外面的价格买就行。刚开始他们还中规中矩，后面就偷拿，吃了也不告诉我。

我碍于朋友的面子，不知道如何去解决这个问题，只是含蓄地提醒了几次，毕竟十块钱的货物交给他们，最后交给我的还是十块钱，然后星期五还要从我这里“领工资”。只有两人在一直恪守职责，从未出现这种情况，后来小卖部集团倒下，他们还是在我身边，成了小学最好的朋友。

同时不知不觉我的身边多了些“溜须拍马”的人，夸我不仅成绩好，还这么会做生意，以后长大必定大有作为等之类的话。

人嘛，总是喜欢听好听的话，被夸到心情愉悦时，就会大大方方请他们吃零食，每次都觉得自己的货源充足，免费请他们吃一两回应该问题不大。

总而言之，这个时期虽然把生意做到了整个男生宿舍，但规模还是进入了比较固定的状态，每个星期的收入增长非常缓慢。这里体现出了年纪限制的弊端，并没有能力去管理和处理这些出乎意料的事情，不能随机应变。

那在这所寄宿制小学里如日中天的小卖部集团是如何崩塌的，当小卖部老板的理想是如何破碎的呢？

那时我正准备进军女生宿舍市场，寻找着合适的女生作为合伙伙伴，在草稿纸上计划着如何打垮女生宿舍的那些小卖部势力，而同学的一句“班主任有请”，打破了我的计划。

虽然我在学校里是叱咤风云的“地下小卖部头子”，掌握着男生的零食命脉，但面对老师还是非常害怕的，特别是这种不知前因后果的突然被召见。

一进办公室，就看到班主任铁着脸坐在那里，在她的面前摆着期中考试的试卷。

“死了，肯定是自己考差了。”自己心里咯噔了一下，但还是乖巧地询问道，“老师，您叫我来是有啥事吗？”

“你自己看！”她将试卷“啪”的一声，拍在我面前——鲜红的七十二分，这个对于很多乡镇学生还算过得去的成绩，却成了我那小卖部集团的催命符。

“你这半个学期上课老是心不在焉，在想些什么事情？有那么多事情比读书重要？能让你从九十五分以上跌到这个地步？对得起你在田地里劳作的父母吗？”

她从各方面进行的思想教育，噼里啪啦说了一个小时，对我进行无差别的降维打击，非常成功地将我讲哭了。我虽然从书里获得了一些比同龄人成熟点的想法，但本质上依旧是个视成绩如命、不愿让父母、老师失望的小学生。从小接受的教育，无论是来自家庭的，还是来自老师、学校的，早已潜移默化地让我树立了要靠读书走出大山的决心。

最后，我抹着眼泪，垂头丧气地回到教室，趴在桌子上望向窗外，不断地反思自己，准备将自己的小卖部事业放弃，转而重新投奔到学习的怀抱。

班主任挺关心我的，便在后面又找了好多班上同学询问我最近的状态，如日中天的小卖部集团自然被他们供了出来。

于是，我又被叫到办公室，在班主任怒骂声中，一五一十地将所有事情和盘托出。这个事情震惊了办公室里的所有老师，他们感叹计划之清晰，分工之明确，规模之庞大。

“果然读书厉害的，做啥事都能出色。”一位老师对着我揶揄道。

毕竟在那个年代，学生除了学习，搞任何不必要的事都算是“大逆不道”。

除了又被进行了一通思想教育，班主任还打算叫家长来学校，看看他们的宝贝儿子做的好事。

这事在我眼里是非常丢脸的存在，要是父母因儿子不听话而被叫来学校，自己绝对逃不了一顿打，而且小卖部集团的运转的确很费心劳神，浪费了许多学习时间。于是，权衡利弊之下，我真正地决定放弃小卖部，同时也跟班主任承诺上课不再走神，下次考试绝对重回巅峰。

在我的苦苦哀求以及再三保证之下，家长最后还是没有被叫来。

从始至终，我的父母都不知道自己的儿子有过这么辉煌的时刻，也不知道十多年前的某一天，在田地里劳作的他们差点被叫到学校。

放学后，我故作轻松地在宿舍将零食半卖半送亏本甩卖，同时毫不吝啬地赠送给了许多朋友、同学，每个人脸上都有压不住的笑容，仿佛中了百万大奖一般。装满零食的木头箱子，慢慢地空了。

耳边是迫不及待撕开包装的声音，是过年般的热闹，谁都没在意这一切其实是我打造的帝国缓缓坍塌的哀鸣。

心里很不是滋味。心灰意懒之下，“小卖部老板”也不再是自己的人生理想。

我的突然倒下，令许多“小卖部势力”惊喜不已，这就意味着将有一大波顾客分出来，再也没有人跟他们抢生意了。

那个星期的周五放假回家时，大概是因为事业与梦想的破灭，我整个人有点失魂落魄，走路心不在焉，兜里的几十块钱什么时候掉了都不知道，但钱的丢失，远不及心灵的难过。

一切都烟消云散，仿佛我的小卖部集团从没出现过。

第二个星期去学校，路过老街，脚步不自觉地走到了那家批发部的门口。老板看到我，马上热情地走上前打招呼，问还是老规矩采购吗？

我愣了愣，旋即回过神，摆了摆手，告诉他以后我不会来批发了。

往前走到包子铺，买了份包子。付钱的时候，摸着干瘪的口袋还是有点不习惯，因为往常的兜里都是鼓鼓囊囊的。

我又变回了原来一个星期只有十块钱的少年，六块用来搭车，两块用来买包子，剩下两块自由支配。

难怪人人都说小孩子的自愈能力就是好，仅仅在第二个星期我就习惯了原来的生活，不再为小卖部的事情难过，不再为梦想的破碎而消沉。

每天上课认真听讲，期末考试考回了全校前三。偶尔实在嘴馋了，就去找人买五毛钱三块的豆腐皮。没错，在我的小卖部集团倒闭以后，辣条重新变回了原来的价格，同时涌现了许多“小卖部势力”。

这件事的出现，经常会有同学劝我重出江湖，去一争高低。我明白他们是吃惯了五毛四片的辣条，以及那时不时的优惠活动，不太接受得了如今的市场。

说实话，在不断有人劝说之下，我是犹豫了的，此刻的自己好像成了一个救世英雄，无数人对我的归来翘首以待，然后重出江湖打击那些不良商家，救全校于水火之中。可一想到班主任凶狠的样子，想了想家中劳作的父母，以及明年的小学毕业考，最终还是作罢了。

后来，进出校门开始查得比较严格起来，学校的食堂里也开了家小卖部，卖些普通的健康的零食以及日用品，价格跟外面一样。这一系列举措，解决了住校学生对于零食的渴望，对“小卖部势力”进行了一个毁灭性的打击，再没有同学劝我重出江湖。

再后来我就毕业了，离开了这所小学，去往县城读初中，再没有做过如此“离经叛道”的事情了。

十多年后回想起这件事，明明记得小时候都只知道本本分分、规规矩矩地念书，却在这件事上胆子大得离谱，做事之前有计划，做起来有条理，甚至能够想到很多其他人不曾想过的方面。这几点让我惊叹，有时候会怀疑这真的是那个年纪的我能做出来的事情吗？

偶尔也会推想，当年的自己如果没有从小接受思想教育，没有自己选择结束那份事业，而是与老师、家长顽抗到底，会有什么结果？是就此转折拥有另外的人生，还是一顿毒打之后，更加发愤图强，似乎这一事件是我人生的一个转折点，从这件事做出不一样的选择，旅途就会截然不同，但转念一想，每件拥有选择项的事情都会有不同的人生，我们现在的人生就是在此之前做的所有选择题的总和。

那如果自己没有在老师的教导之下，放弃那份在中庸性格中难得一见的勇敢之心，是否会在往后的日子中有着不一样的际遇？回想在我成长的这些岁月里，为人处世中庸占了一大部分，做事有些瞻前顾后，总是在做事之前，设想所有的结局，好的坏的，以至于自己尚未出发就已怯了一半。假设从这个时候，自己没有舍弃勇敢之心，在往后的许多决断之中都会选对。

可我不能站在二十多岁的年纪，站在现在的思维高度去评判当年的自己。他是我，我也是他，他是我途经的风景，当年没有做出这些抉择，此刻的我，不会坐在电脑前，这篇文章便不会出现在你眼前。

命运既然选择了我，我就应该接受。

所以，一切只是推想，只是假设，也只能是推想，只能是假设。

只是把它当作一件梦想趣事来与你们分享。

撞不倒的南墙

饭后散步，却意外地结识一群高中生。

他们吵着，跳着。

青春正好。

一人突然问道："老哥，你都工作了，那有什么好的人生建议吗？讲给我们听听呗，以后可以少走些弯路呀。"

我闻言，顿了顿，停下了脚步。

他们也纷纷停了下来，一脸期待。

望着那一张张，夜色也掩盖不住青春气息的，略带稚气的脸庞。

我有点恍惚。曾经的我也问过这样的问题，也被人指以正确的道路。

初中。

我问老师："农村出身，该如何拥有光明的未来？"

老师说："读书便是最好的出路。你很聪明，只是目前的数学跟英语是短板，多花点时间在这上面，你可以在读书这条路上走得更远。”

高一分科。

我询问已经上了大学的学霸学长，如何抉择文理？

他看了我的成绩单，道：“建议理科。虽然你文综好于理综，但物理、化学并不算差，理科的大学选择性会比文科多些，即使你喜欢文字，语文也依旧是理科必修，所以爱好和大学都可得。”

高三毕业。

班主任拉着我在教学楼的走廊，语重心长地说道：“回来复读吧，文综你已无须担忧，复读只管学好数学、英语，一定可以冲击更好的大学。”

苦劝。面谈两次，电话三次。

他说：“一定要再三考虑。”

你看，在人生道路上，我一直在遇到能给出指引的人。如今看来，如果当初听从他们过来人的话，真的可以少走许多弯路。

可我真的听进去了吗？

于是，我嘴上应着老师，心底却不以为意：英语、数学都能考八十多分，怎么能算短板呢？

我对学长说：谢谢指点，我会考虑理科的。最后，那张分科表上的“文科”二字，被红笔圈了一个鲜艳刺眼的圈。

最终，我也没回去复读。成功错过了梦寐以求的大学，也与最喜欢的专业擦肩而过。

无数次的午夜梦回，自己想回到初中，听从老师的话，把那八十多分的英语、数学视为短板，高中的数学、英语就不会越来越差，最终彻底沦为短板，拖住了我的脚步。

或者听学长的，选理科，如他所说，爱好与大学，二者我皆可得。

再或者，回去复读，再搏他一个高四。

一切……未可知。

至少我不用去一个不喜欢的大学，读一个不喜欢的专业。

不用遗憾。

是啊，改变这一切的机会，就曾摆在我面前。

他们以人生阅历化作犀利的眼神，为我指出一条大道，一条可以少走许多弯路的光明大道。我少走弯路了吗？并没有。所以人啊，这一辈子该吃的苦，该走的弯路，该掉的陷阱，该撞的南墙，一个都不会少。

我回过神，看着期待的脸庞，认真说道："建议就是，你们都很聪明，只要好好读书，就可以少走许多弯路。"

他们听后，一阵嘘声，这算哪门子的建议，嫌弃我跟他们老师一样的说辞，说了等于没说。

看着他们在夜色中渐行渐远，我无奈地笑了笑。

这的确是我发自内心的人生建议。

认真读书，真的可以少走很多弯路。

我认真地说了，可又好像真的什么都没有说。

一如当年他们对我说的话。

在灌高

（一）

灌高，全名为灌阳县高级中学，位于灌阳县城。

在那所面积不大，甚至可以算作狭小的高中校园里，教学楼、宿舍楼、办公楼、食堂等十多栋建筑挤在一起。而在它们中间又硬生生地塞了龙川亭、卧龙池、九曲桥，以及几个篮球场，还见缝插针地搞着绿化。

总而言之，在灌高就没有摆设的地方，你路过的每一块地、每一个角落都有它的作用。

不过，虽然历届校领导们对校园开发利用到了极致，也改变不了灌高面积狭小的

事实。毕竟学校后面是名为“台山”的石山，左右两边是居民区，前面是县城主干道，从现实角度来讲，拓宽这条路是行不通了。

小归小，倒也有好处。三年的时光，我去过校园所有角落，也将它的样子清晰地刻在脑海里。

带给我印象最深的，不是卧龙池边那一尊纯白的少女读书的石雕，也不是池里那一尾尾摇曳着身姿的锦鲤，更不是沿山而建，曲折蜿蜒的龙川亭……而是由这些不起眼的景色，加上历届学子留下的书卷气汇聚起来而诞生的气息。

在离开灌高后，我也曾去过许多学校，它们都拥有着令人咋舌的面积，如宫殿般的建筑，处处散发着属于现代的气息。对比起来，灌高那些已经褪色、斑驳的建筑，倒显得有些许丑陋，有些许老态龙钟，但它那股浓厚的文化气息，是其他学校未曾感受到——直到去过广西民族大学文学院，才给了我相同的味道。

当然，并不是说其他学校就不好，都各有千秋。只是在我的记忆里，自然是对母校印象深刻些的。

言归正传。就是这么小的一所高中，却盛放了我那最炽热、最难忘的三年青春。

如今想来，无论是在这里遇到的人，还是经历的事，都值得去一一怀念。我也是在这里，实现了跨越式的成长，特别是情商上

面，从初中的愣头青，成为颇为有趣的高中生，这一点让我在往后的生活与工作里受益匪浅。

可惜那时候的自己，有着比天高的心气，对未来有着过于美好的憧憬，于是把灌高视为无时无刻不想逃离的监牢，厌恶着，敌视着。

彼时，少年的羽翼尚未丰满，便已跃跃欲试，挥舞着，对整个世界充满了野心。

（二）

高一上学期，刚刚踏入这所重点高中的我，身边换了一批新的同学。教室的座位是随便占的，先到先得，我便胡乱选了个靠前的位置。

第一位认识的同学，是坐在我前面的女生，刚从外地转学回来。个子矮矮的，肤色格外白皙，可头发偏黄，我还以为她是暑假玩嗨了，没来得及染回黑色，后来才得知是基因使然。性格倒是大大咧咧，笑起来有两颗可爱的虎牙。我们两人相谈甚欢，成了彼此高中的第一个朋友。

只是光顾着聊天，连名字都忘记交换。

当天的晚自习，班主任站在讲台上，宣读了班干部名单。当念到我的名字时，我是有点意外的，竟能被挑中当班干部。

还未等回过神，她转身，拍着我的桌子，咧着嘴呲个牙：“哈哈哈哈，有没有觉得×××这个名字好搞笑！怎么有这么好笑的名字！”

那两颗小虎牙暴露在空气中，格外耀眼。

我满脸黑线地回道：“我就叫×××……”

她愣了愣。那灿烂的笑容慢慢凝固在脸上，眨巴几下眼睛，双手合十：“抱歉抱歉。”

旋即，缩着脖子逃也似的扭回去了。

其实高一那半年过得匆匆，眨眼便过去了。如今细细回味，时光倒也算留下了些东西。

第一是我们一群一米七五以上的男生，被身高一米五的班主任叫到办公室训话。身高的原因加上青春期的男生傲得很，让她训起来很没有底气。其间她有好几次下意识想要坐到凳子上，但又马上反应过来，几人当时差点没忍住笑。后面她训着训着哭了起来，整得我们一群大男生忙不迭道歉认错、哄她开心。

第二是那傻乎乎的似乎有多动症的同桌，他总爱在凳子上扭来扭去。

我在一篇随笔里也曾提过他，在后半个学期里，因为我的原因，他跟着我迈上了文学的道路，开始学着写些文章，与我一起揣摩现代诗，研究古诗的平仄韵律。就这样，他在凳子安静坐着的时间越来越久。分班后，就很少联系了，毕业以后再无联系，不知如今的他是否还会不会提笔写一些东西。

不过值得开心的是，在那半个学期里，我在坚持热爱的过程中，发出的那微弱的光，也算照亮了他。

第三是在那个学期，我拿到了高中时代的两张奖状之一的“阅读之星”。

说来倒是无心插柳。高中第一次进到图书馆时，里面的藏书之丰富让我眼前一亮。自己能想到的书都有，于是就开始拿着借书卡疯狂借书。凭借一目十行的阅读速度，几乎是一天能看一本。大家也知道，阅读最忌讳的就是一目十行，容易看完整本，收获却寥寥无几。只是自己歪打正着，靠着阅读的数量，导致了些许量变引起的质变，阅读水平竟也提高了一截。最后在全校大会上去领这张奖状时，老师宣读我的数据，一个月读了二十八本。

这个借书习惯保持了三年之久，只是后面就不再一目十行这样去读了，更多的是摘抄、理解与仿写，所以有时细细琢磨上一个星期也是常事。

这是自己人生中读书最多的一个阶段，也是从这时开始写随笔，在草稿纸上，日记本上，哪怕在书本上，试卷上，都或多或少留下过几行故作文艺的字句。

正是因为这段经历，所以每逢有人问起提升写作水平的技巧时，我说得最多的便是积累和实践，只有自己的阅读量足够了，肚子里才会有墨水去落笔生花，不断练习才能慢慢形成自己的文风，以及一些精妙句子的创造。

(三)

灌高的食堂蛮有意思的，两层建筑，分开经营，每一层都是不同的老板承包。这导致一楼与二楼形成了竞争关系，想要留住学生，就得在菜品上下功夫。

刚去学校时，看着食堂二楼人满为患，就选择了比较冷清的一楼就餐。一楼的菜品挺丰富，味道也挺好，便跟同学打趣，那些选择去二楼排队挤的人都是傻子。后来去过二楼一次后，自己也成了傻子中的一员。单凭味道而言，二楼的确比一楼好上许多，特别是二楼招牌菜品——辣子鸡，堪称无敌的存在。

无数灌高学子在离开这方天地以后，回忆起当年，总有一道菜品绕不过去，我自然也不例外。我最爱的便是那道辣子鸡，还有早上的卤粉。难怪有人说：想要留住一个人的心，就得先抓住他的胃。这一点灌高做得十分到位，它用了三年时间，在不知不觉中，将某一道菜品融进了我们青春路程之中，哪怕离开了灌高几年、十几年，也叫人一直念着，念着。

不知是青春包容了它，还是有了它，青春才算完整。

食堂的价格并不贵。三块钱，我们就能吃上一顿丰盛的饭菜。

若是资金充足些，还可以再掏一块钱加一根炸香肠，或者两块钱再加一个荤菜。所以在那个时候，我们一群人之中，要是谁吃饭多加了一根香肠，就会引来其他人的阿谀奉承：“加香肠，有钱人啊！”“土豪再爱我一次！”“老板，待会儿请我吃包瓜子！”

食堂阿姨们大多也都和蔼可亲。处于青春期的男生总有用不完的精力，热衷于在放学后的傍晚，拿着篮球成群结队到球场上，映着夕阳肆意挥洒属于青春的汗水。

直到饭点将近结束，才推推搡搡地往食堂跑去，常常掐着阿姨准备收拾餐具的时候，气喘吁吁地赶到。阿姨们隔着玻璃窗口，一脸无奈地看着我们，像长辈一样唠叨：“下次来早点，饭菜都凉了。每次都跑成这个样子，刚运动完就吃东西不太好的……”一边唠唠叨叨，一边宠溺地给我们舀上满满的饭菜。

“知道啦知道啦，明天会来早点的，谢谢阿姨！”我们应着，一阵狼吞虎咽，风卷残云。

因为接下来还要赶着时间去洗澡，如果吃饭不快些，就不能在学生会检查人数之前，赶到教室，迟到就会被扣

分。扣分就又得去找班主任承认错误，然后被一顿骂。

当然，偶尔也会因为多贪恋了几个球，时间没踩准，结果匆匆赶到时，阿姨已经关门。这时大家只好先饿着肚子去宿舍洗澡，忍受着三节晚自习肚子的抗议。等晚自习下课以后，再一起到超市买泡面吃。

你看，男孩子就是这么贪玩，无论多少次踩着最后一抹夕阳余晖，往食堂死命奔跑了多少回，又被饿了多少次，依旧死性不改，肆无忌惮地与食堂、时间玩着博弈。

（四）

在男生的青春记忆里，少不了一些女生的影子。高中时期的男生很有趣，比初中时的一知半解多了几分成熟，但又不足以拥有成年人的稳重，喜欢做一些让人迷惑的行为，于是发生了一些有趣又让人难忘的故事。

我曾从头到尾参与过一段别人关于青春的旅程：

阿乐喜欢上一个女生。我说："再过一年，我们就是大一小鲜肉了，学姐她不好吗？"阿乐说："大学诚可贵，学姐价更高。若为芊芊故，两者皆可抛。"

是的，芊芊是那个学妹的名字。

他说芊芊是个喜欢生活中小惊喜的女生，所以星期天放假，阿乐会特意逛遍所有的精品店，耐心挑选几样别致的小礼物。那时是十二月，都穿着羽绒服，阿乐会刻意把去食堂吃饭时间和芊芊撞在一起，然后排在她身后，轻轻地把自己挑好的礼物放进她的帽子里。

芊芊的生日在期末前一个星期，大家都在紧张地复习，毕竟这关乎自己今年过年的压岁钱，跟谁都可以过不去，但不能跟钱过不去。我扭头看一下阿乐，他倒是在网上豪掷几百块钱，买来一套DIY礼品，开始为芊芊准备起来。在芊芊生日那天，阿乐搂着那个精美绝伦的DIY礼品，一路上迎着无数艳羡的目光，送到了芊芊手上。

“生日快乐。”阿乐笑着对芊芊说，“记得努力学习呀，下个学期我就高考了。”

他伸手揉了揉芊芊的头。

我们几个人站在楼梯口，看着走廊上的两人，不禁夸道：“有钱人终成眷属，没钱人只能目睹。”

等到了寒假高三补课，阿乐反常地不再提起芊芊。我问他怎么回事，感情破裂了？

他白了我一眼。

“我们两个又没在一起过，早恋对她不好。”他说，“高考才是我目前最重要的，其他什么都不重要，来日方长。”

我一听，忍不住打趣道：“哎哟，我说我的大少爷怎么突然就顿悟了呢，看来我们劝再多还不如女孩子说一句呢！”

阿乐没有再说一句，只是拿起了课桌上的《三年高考五年模拟》。

大年三十。阿乐拿着为芊芊准备的新年礼物，逆着万家团圆的欢乐，一个人走向芊芊家。他想给她一个惊喜。阿乐家跟芊芊家，横跨了整个县城。新年的烟火在空中不断升腾，绽放，火光映照着阿乐那欢快的脚步。阿乐脸上挂着笑意，那是因为即将可以见到心上人，心里藏不住的雀跃。

“芊芊下楼，我在楼下。”他发消息给她。

下楼，接过，道谢，上楼。她一气呵成，没有超过一分钟，她甚至一句“除夕快乐”都没对阿乐说。阿乐抬头看了看，天空中那朵朵鲜艳的烟火，觉得有点刺眼。在那一刻，哽在喉咙里死去的，不仅仅是那一句“新年快乐”，还有少年那颗赤诚的心。

故事的最后，阿乐考上了一所不错的大学，芊芊也喜欢上了另外一个对她好的同班同学。

后来到了大学，放假相聚，我问阿乐怀念高中吗？

阿乐只是扭过头，盯着街角的精品店，久久没有作声。

（五）

前面提到的阿乐，是我高中时代的好友之一，除此之外，还有胖子、老吕、二狗，现在大家也都还有联系。

他们在高中那段发着光的日子里具有极其重要的地位，给予我太多太多的乐趣，或者说，高中之所以热烈而难以忘怀，正是因为有他们，所以他们非常值得我去用文字纪念的，用自己热爱的方式，去将这段热爱着的友情，永久镌刻在书本之上。

胖子是个非常有趣的男生，性格大大咧咧的，像是永远记不住别人的坏一般，心思很清澈，说话极具个人幽默风格。跟他相处，很有意思，但凡跟他接触过的人，往往对他印象深刻。他也是校学生会成员之一，得益于此，他的人缘可谓是遍及整个校园。

性格使然，他注定是要当班上老好人的存在，每逢班上有啥矛盾，他都会去劝。

还记得高三那年，因为一些事情导致我与喜欢的女生闹掰，关系降至冰点，是胖子利用自己的优势，在中间打太极，才慢慢缓和下来。哪怕到大学，那个终于让我彻底释怀她的夏天，也是胖子组织的饭局。

其实作为双方的好友，遇到这种事情是头疼的，费心劳力，而且还容易两边不讨好，最好的办法就是不管，顺其自然，毕竟不关他的事。

可他为了这个，在中间用自己的方式，硬生生调和了一年多。

不知他还记不记得，我在大学曾问过他为啥这样做，他给我的回答是："我只是希望你们两个能够好好的而已。"

你看，清澈的回答，一如清澈的他。

在一个小团体里，有外向机敏的，那必然还有内向文静的存在，那就是老吕了。

老吕说话文绉绉的，比我这半个文青还温柔，特别招女孩子喜欢。每次看见他与女孩子相谈甚欢，我自然是后槽牙都快咬碎了。

他身上的书卷气很重，阿乐说是老吕读书读得多了，自然有股子书生气。

我不服，反驳道："我看书也不比他少啊，而且他看的都只是些一般小说，我看的大多是名著。"

阿乐拍了拍我的肩膀，摇了摇头："看了这么多书，你还是这个样子，要是没看书……啧啧啧。"

玩笑归玩笑，老吕那温润的性格对于女生而言，具有强大的杀伤力，常常能看到有女生来找他。其中有个理科班的女生来得最勤，瘦瘦高高的，扎着马尾辫，青春靓丽得很。

我们打赌老吕最后肯定会跟她在一起。

遗憾的是，直到毕业，这个赌也没有答案。

老吕的成绩是我们之中最好的，班主任眼中的乖乖仔。和我们玩到一起以后，除了学习、看小说，他会跟着我们在课间操时间去买烤肠，也开始喜欢上打羽毛球，偶然会说出一些非常经典的搞笑语句。

其他时间，他喜欢静静地站在一旁，跟我们的画风格格不入。

后来有很长一段时间，老吕脱离了我们这个小团体。

当时的我们不理解，以为是哪里不经意得罪了老吕。

现在想来，其实谁也没有做错什么，是我们其他几人过于热烈，像野草一般，迎风也好，淋雨也罢，四肢都透着招摇，肆意生长。他是文静的盆栽，适合在寂静的角落，缓缓地舒展自己枝叶。

（六）

我是从高中开始喜欢散步的。

只要不打球不跑操，一有空闲，都会去校园里晃一圈。

最喜欢的时刻，是雨后和晚自习下课后。

雨后的灌高，沁着一股子清新迷蒙的味道，若散步时，再飘点细若柳絮的毛毛雨，那便是妙上加妙。绕着图书馆前的塑胶跑道，一圈又一圈。往日里的所有的喧嚣，都被抓到教学楼那边，留给这边的，只剩一片寂静。

十七八岁的少年，心里总带着几抹忧愁，觉着雨中漫步是极为文艺的事。此刻，仿佛天地间只剩自己一人，偶尔忧郁地抬头看看天空，任凭雨轻轻地飘到额头之上，添了一丝几乎不可察觉的凉意。操场上有几只被雨淋湿的鸟儿，蹦跳，追逐，撒着欢儿，在庆祝这片广阔的天地，终于属于它们。

叹息一声。

至于为什么叹息，大多是因为自己喜欢的女生，又或者因为自己那藏在机灵外表下文艺青年的心，怀古伤今，也会想想文章如何去写才能震惊文坛……人若是在青少年时期觉着自己有几分才华，或是在某方面有些天赋，便会对未来的路充满了期望，幻想着功成名就的样子，不甘心如今岁月对于自己的束缚，迫不及待地想要长大，去见一见那个自己。

我也是。

想着自己以后必定能够凭借自己这傲人的文字天赋，成为文坛新一代的领军人物，为快要干涸的文学长河，降下一场暴雨滂沱。

那时候的创作，通篇字句琢磨得十分华丽，似乎不用些让人为之惊叹的辞藻，是不足以表达自己内心的那种情感——

“为赋新词强说愁。”

文艺青年的特点就是把痛苦当作自己的标签，世间处处都是苦与愁，以此来彰显自己的与众不同，无病呻吟。这是我现在明白的，也可以坦然接受类似的评论，但如果换作高中，你说我无病呻吟，起码得把你写进日记本里。

除了青春的愁，其他倒是没有半点，但整天就愁，愁到自己都相信自己识尽了愁滋味。

如今再回想，只是轻笑一声。

我并不会因为现在成熟了些，而去否定当时那位写着矫情文字的少年。

至于晚自习后散步的心境，和雨后漫步的心境相比，大差不差。

不一样的是，那晚自习后的操场热闹得很，那借着灯光打球的男生，那趁着夜色悄无声息牵在一起的双手，一句句高谈阔论，还有同学夜跑沉重的喘息声……

而我，独自插着兜，晃晃悠悠地走着，他们的热闹与自己无关，自己像是踏在这汇聚在一起的青春气息上的，一个孤独却又一往无前的侠客，有着一腔孤勇，憧憬着未来，笔为刀剑，述尽天下不平事。

所以，热闹他们拿去吧，我只要天上那一条银河，那一轮明月。

我望明月，不知自己倾慕的那些诗人，李白、苏东坡他们是否也曾如我一般的心境，望向过明月。

独自散步这种习惯，在高中毕业以后还保留着，不过不再是傻乎乎地淋雨了，更多是在夜晚，自己戴着耳机，漫无目的，走累了便回。

写到此处，望了望窗外，下了一天的雨终于停了。

潮湿。

微冷。

我披了件外套，开门，迎着夜色走去。

伴随鞋底起落与潮湿碰撞分离的声音，那操场上的少年，还在缓缓地行着。

（七）

十八岁的我，认为文字总该谱写些荡气回肠的故事才算完美，因此我不断期待着生活中能出现可歌可泣的故事。除却它们以外，是不值得下笔的，不过这么多年的事实证明，这些故事就像英雄一样，可遇而不可求，生活更多的是平淡如水，若是每日都有拯救世界的英雄登场，那他的出现也就如寻常罢了。

我也问过自己，这些年并未经历过大风大浪，浅薄的经验和人生的厚度不足以让我参透更多的哲理，如何写得出些荡气回肠的故事。于是我想我的文字本意还是得回归到记录生活。在灌高的那些微不足道的故事，也是值得被记录的。

高二的一个晚自习后，操场散步的人很少。我戴着卫衣的帽子，双手揣在兜里，低头数着步子。寂静中传来时断时续的女生抽泣声，格外清晰。这不和谐的声音，让正陷入自我精神世界的我瞬间惊醒。

我顺着声音的方向看去，她就走在我前面，背影瘦瘦小小的，一边走一边啜泣。

自我思考的玄妙状态被她打破，也就没有心思再走下去，径直回了宿舍。

至于她为什么哭，我并不感兴趣。

只是没想到的是，第二天的晚自习下课，我又遇到她了。

就在图书馆门口的台阶，她双手抱着膝盖，把头埋在手臂之中，肩膀微微一抽一抽的。

大概是有缘，才会有这连续两个晚上的相遇，我觉着自己应当去做点什么。

我跑回教室，用自己当时最好的文笔写了封鼓励的信。

落笔的字句早已记不住，但送信路上的紧张还记得。

她还在原处。

我上前，忐忑地拍了拍她的肩膀，递出一包纸巾和那一封信。在她眨巴着满是泪光的眼，疑惑着伸出手拿稳的刹那，我像是告白完成一般，落荒而逃。我不知道为什么落荒而逃，这可是正儿八经的事情，我想可能勇气也是会过期的，所以当我们想去做一些事的时候，那就大胆点吧，别瞻前顾后的，小心失去了最开始的豪情。

第三天晚上，我去散步的时候，两人又相遇了。

她逆时针，我顺时针。

只不过她没哭，迎面走来时，相视一笑，都没有多说什么。

我没有问她心情好一点了没，她也没有跟我道谢，但在相视一笑的瞬间，彼此想要的答案已经不言而喻。

围着操场，走了一圈又一圈，而我们也不知迎面相遇了多少次。

后来下起毛毛雨，我们一前一后往宿舍走去。

女生宿舍在灌高的半坡路上。

她进去时，雨刚好大起来，我跑起来，但还没来得及收回目光。透过雨幕，有一闪而过的光亮。我不知道，那光亮是她的回眸，还是映着路边灯光的雨滴。

这不是个青春忧愁的故事，没有后续，也没有所谓的喜欢和其他，有的只是一个陌生人向另一个陌生人发出的善意。

我佩服当年那个勇敢的自己，敢去递出那一包纸巾以及那一封普通却又不普通的信。

换作现在，极大可能会觉得谁都不是谁的救赎，远处一女孩哭泣，我只觉得吵闹。

不懂是人越活越凉薄，还是越活越胆小。

或许那个女生早已忘记这个故事，这个青春里毫不起眼的故事，那封信也不知被塞到哪个垃圾桶，随着垃圾车，被掩埋在深不见底的地下，或被焚成一缕烟，或者腐烂在泥土里。

它至少在当时算是给了那个啜泣的女生一丝光亮，一份属于少年侠客的温情。

我也会自作多情地想，她还记得那个卫衣少年呢，记得那封满是稚气笔迹的信。

那封信被她夹在某个笔记本里。

岁月的潮起潮落让字迹有了褪色，淡淡地印在笔记本的空白处。

偶尔翻开，她又想起了那个晚自习后的操场。

至于少年，虽然长大后的他，没有成为真正的大侠，也没有成为理想中的文人，但如今回想，正是他当时的勇敢、善良，才会让自己在往后平淡的人生里，一如既往地去热爱生活，去热爱着这个世界，热爱一切自己所热爱的，然后照亮别人。

（八）

高中时期，自认为是笔力的巅峰，热衷于写各种随笔，写一切所感所想，但常常只是一个片段。

附庸风雅也好，故作矫情也罢。

从高中开始，这个习惯倒是保持了很久。

至于什么时候开始写随笔的，记忆里是模糊了。不过以我的性格，大概是高中的某一节课上，望着窗外发呆，脑海里天马行空，草稿纸上涂涂画画的手，不自觉地潦草写下一段文字。

自那以后，画满不规则图案的草稿纸里，时常见缝插针地出现一段文字。

朋友曾打趣说，这是青春的笔迹。彼时的我，可以说是一念起，一文成。可惜那个时候，写的文章多是“为赋新词强说愁”之流罢了。随笔、作文、小说，写了许多，却大多逃不开一个“情”字。

回想起来，倒也有趣可爱。

不过如今，早已是写不出十七八岁时的煽情字句。

古风文、言情、现代诗等，皆有涉猎，高中时的才情，现在是望尘莫及。

话说回来，与其说我是在夸曾经的自己，倒不如说是在怀念：上课偷偷看小说时，眼观六路、耳听八方的自己；下课与朋友趴在走廊上看路过女生的自己；闲暇时写着矫情文字的自己；恃才傲物、吊儿郎当的自己……

关于高中生活的美好，对于我来说，很模糊又很清晰：

也许是跟同桌石头剪刀布比喝水，喝到作呕；也许是放学后，背着老师，躲在宿舍里跟舍友们来几盘三国杀；又或是打球没赶上晚饭，一群小伙伴饿到晚自习下课，食堂门口捧着一碗泡面，吹天侃地；抑或是大冬天为了吃上一根热肠，跑去找女同学撒娇的不要脸；再或是夏日里在闷热的教室里，流着臭汗，写下灵光一闪的文字。

那时的自己，过得像后来喜欢的一句话：“种自己的花，写自己的字，爱自己的宇宙。”

高中之所以让人怀念，是因为它包容太多我不同的样子，幼稚的、忧郁的、叛逆的。又让我遇到太多的人，喜欢的、爱慕的、讨厌的、尊敬的……我把最好的岁月给了灌高，给了那一方小小的天地。

（九）

对于高中的几位老师，我想我应当去为他们写一些东西。

例如分科后的班主任，姓文，四十来岁，不爱笑。背地里，我们常常唤他“必哥”。那时每天的跑操，是需要喊各班口号的，我们的口号便是：“八五八五，必生威武！”

他喜欢穿衬衫，走路也是昂首挺胸，带着风，匆匆来匆匆去。身上有股不怒而威的气势，属实让人望而生畏，所以再搞事的学生，在他面前也只能老老实实低下骄傲的脑袋。

他有一个原则：主动承认错误，酌情原谅。所以每逢卫生被扣分也好，还是晚上讲话被抓也罢，又或者其他事情，犯错的同学都会胆战心惊地去找他陈述犯错事实，等待着训斥。

初窥文学的我，心高气傲得很，唯独对他是恭恭敬敬。被他训斥时，连句反驳的话都未曾对他说过。对他的尊敬，源于一段不太想提起，但又绕不过去的回忆：

高一分科时，我挣扎了许久，最终还是选择了文科。刚踏入这个陌生的班级时，我结识了两位家境优渥的同学。优渥到什么地步呢？用已成年的角度来看，哪怕他们在高中三年随便学，然后按部就班上个大学，混个学历，一毕业就已经有一条康庄大道为他们铺好。

既然拥有了这样的条件，在学校自然是有恃无恐。我们几人坐在后排，不务学业，上课不听作业欠交，除了对班主任还有惧怕，其他老师的言语，理都不带理的。有时上课，我们都在后排嬉戏打闹，全然不顾及老师的存在。

那时根本就没有想过三年后的高考，自己要去如何面对，只觉得在学校的生活，从未如此美好快乐过。我忘记了当年初中对于后排同学吵闹打扰到我上课状态的滋味，却成了当初最讨厌的人。

如今回想，难怪每个年龄段每个班级都有不愿学习的人，在学校不学习的滋味真的特别舒服。学习本身就是个痛苦的过程，从不会到会，违背自己身体意志一般，逆着天性而行。如果选择放弃学习，每天都松散到不用思考，想睡便可以睡。两者一对比，身体自然会更加倾向于一个能够让自己舒服的状态。

我以为我会一直如此的，直到必哥在某个晚自习将我叫出了教室。就在灌高教学楼三楼的楼梯转角。

我很害怕，因为这个时候只剩我独自一人去对抗必哥，多么想那两位仁兄能够将我救上一救。

我好像依赖上他们了。

与其说是依赖上他们，倒不如说是我没有与必哥对抗的底气，不敢以无所谓的态度面对必哥，也不敢在他面前斜靠在墙壁，在他说话间东看西瞅。因为我怕因此惹恼班主任，导致父母被叫到学校来。我是知道父母在必哥面前也会老老实实弯下腰，听着他对我的训斥。农村的父母大都如此。

我不想看到他们愤怒而失望的样子。

此刻的我，即使比他高出一截，也只能乖乖地在他面前低着头，等候他的训斥。

必哥沉默了许久才开口，意料之外的，他没有训斥，只有恨铁不成钢的劝诫。

那天聊了很多，从现在聊到未来，从家庭聊到理想。在话题结束时，他问了我一个问题："这条路上，你有什么？"

他没有听我的回答，便摆手让我回教室了。

我有什么呢？直到毕业，这个问题的答案，必哥都一直没有问起。

我只知道那天之后，便收起了性子，作业按时交，不再跟老师正面对抗，上课也努力去学。虽然后来的数学、英语之所以越来越差，依旧跟自己的散漫有关，但其他科目好歹在此刻算是悬崖勒马了。

毕竟在那个年纪，可以醒悟些东西，但也不能指望他醒悟所有。

关于那个问题，我的答案会是什么呢？

而你的答案又是什么呢？

至于其他，那就是语文老师。我们亲切唤他"小王老师"。长得瘦瘦高高的，戴着眼镜，文绉绉的。高一还未分科，我还未成为他的学生时，曾跟他打过一次乒乓球。切磋一番，我看着他离去的背影，觉得他像一个"娘娘腔"，庆幸没有成为他的学生。

所以当分科之后，看到他是语文老师，顿时有点天旋地转。成为他的学生，了解他以后，他只是文绉绉的，举手投足比较斯文罢了。

从一个学生的角度来说，他是一个幽默的语文老师，能够轻易调动整个班级的课堂气氛，这一点是成功的。他特别喜欢朗诵，每当上到适合朗诵的课文时，那全班同学无可避免地要听上一段来自他深情且温柔的朗诵。曾有胆大者，借着书籍的掩护，偷偷在课堂上录过一段关于他朗诵的视频——李白的《蜀道难》。现在那段视频还保留在U盘里，时不时也会翻出来看上几次。

他对于我展露出来的文字天赋，十分看重，把我当作一棵好苗子对待。可惜他遇到的是十六七岁的我，正是最心高气傲不可一世的时期，我是喜欢他上课的方式，但我不认可他能教我什么，更因为处于自己文学水平急速上升的阶段，于是觉得他教不了我。我固执地认为我的老师藏在那一本本书中，而不是某个具体的人。

我上课很少听，多数都在自己看自己的书，只有当他在多媒体上放拓展视频，或者聊到什么有趣的话题时，才会暂时将我从书中世界抽离出来，参与到课堂之中。

至于写作，他曾很多次指出我的文章写得漂亮，布局谋篇也非常巧妙，但唯独少了些情感，这才是写作画龙点睛之所在。我对这个说法非常不服，我写的东西总能引起同学惊叹，唯独你却说少了感情。

他说以后我大概率是会走写作道路的，告诉我写作跟作文是不一样的。写作不仅仅是面对创作者自己，承载自己的情绪，还要面对读者，要给他们带去一些情感和东西才行，而且要写，也要写大部分人能看得懂的文章，要兼顾，要通俗易懂。

可我仍然觉得文章是寻知己的，没必要那么多人去懂，于是一如既往写着辞藻堆砌的漂亮文章。

一来二去，他就只剩叹息。

小王老师还有股让我道不明的感觉，类似于文人的怀才不遇。

那是我从他上课的字里行间，感受到了从他内心不经意宣泄而出的愤懑与不甘，这大概是文人的共情吧。直到长大后，想起这件事，理解小王老师作为心中曾装过清风明月与山河的人，被困在这座小小的县城里当个教书先生，难免有些不平，怀才不遇。

当他的学生还是很快乐的，至少现在回忆起他，嘴角总会上扬起一个弧度。

我在前段时间回了趟灌高，去见了见他，如今的学生，已经叫他“老王”，当真是岁月将痕迹藏在任何不起眼的地方。他的皮肤黑了些，头发也少了些，兴许是家庭、工作的压力。他除了这些，好像什么都没变，聊起天来依旧是高中的感觉，只是在交谈中，我再未嗅到他那股怀才不遇的气息。

不知是我成了当初的他，与他成了同类人，还是他被光阴磨平了志气。

是与不是，此刻倒显得并不重要了。

（十）

那时流行节日互相送明信片，我人缘也算好，三年积累下来，收了一沓。那夹在书中的明信片，一张张地翻阅，我想起了一张又一张充满青春气息的脸庞。

“友谊天长地久”，是一位同样喜欢歌手许嵩的学姐送给我的。那年，她也给予了我许多关于文学创作的建议；

“太子”这个冷门外号，除那个喜欢搞笑的男生以外，极少会有人喊。而他取外号的造诣可谓炉火纯青，当年我们班同学的外号，有一半出自他手；

“爹爹”这个称呼，是一位交好的女生私下叫的。源于某次叫我时的口误，她把我叫成了“爹爹”。于是，只好含泪收下这位“乖女儿”……

现在想想，2013年竟已是十年之前的事了。看着眼前的东西，心里有了一丝恐慌。

而离我最近的，大概就是这本同学录了。

与我有过冲突的也好，敌视我的也罢，在临近毕业时他们也都在这一本同学录上，写下了自己内心的想法、释怀的话以及对我的祝福。我看到以后，拉着其中几人，吃了一碗晚自习下课后的泡面。我们看着彼此哈哈大笑，如果在此之前，能够如此敞开心扉，想必会多一些愉快的回忆吧。

在灌高的许多事情，都想一一写下来，可当落笔时，又不知如何写起。就像史铁生在《我与地坛》里说的：“有些事只适合收藏。不能说，也不能想，却又不能忘。”

那些未曾在文章里出现过的青春里的花儿，请原谅我，现在的文字写不出你们的美好，心里想着能让我途经你们的绽放，见识过你们人生当中最纯洁美好的模样，那就够了。不知如今你们是否盛开得更加烂漫，还是已经结下果实，不过那都与我无关了，我只知道在我这里，你们永远烂漫，永远开在灌高，永远开在我的十七八岁。

还有。灌高，我发现我不再恨你了。

那三年以一个比较失败的姿态结束，错过了喜欢的人，错过了喜欢的大学，错过了很多，我将这一切归咎于你，也痛恨命运给我安排的狗血剧本。最开始写这篇文章时，是想将心中所有的喜怒哀乐通通写个遍，对你的“玩弄”大声反驳，我是这样想的。

等落笔以后，却感觉写的尽是些美好的人与事。至于那些所谓带给我痛苦的事，倒显得无足轻重，不值一提。时间还真是个神奇的东西，催着我们长大的同时，在不觉间也顺带抚平了那份难以言喻的情绪。

写在最后

其实文章很有趣。

就像此刻读到这里的你一样，短短一万多字便已看尽我高中留念的事，看尽少年的炙热青春。

其实我在大一的时候就有想过把这三年的经过写成一部小说，然后等工作以后，经济好一些，再自费打印成一本书，送给那些在我青春留下过烙印的人。写了大纲，也写了几万字，却因为一些原因搁笔。如今那个文件夹早已遗失，正如一些回忆，隔了这么多年，也早就忘却。

如今站在那段岁月长河之外，以局外人的角度去看着曾经属于自己的故事，有好多的事情，当时觉得痛心疾首的，早已变得不再重要。以前总以为会写进书里的一些人，在这一万多字里，却只字未提。

一路写下来，想起了很多很多的故事。开心的、痛苦的，我也只是笑着摇摇头。

感谢愿意读完这篇文章的你，感谢你愿意耐着性子看完我的絮絮叨叨。

你指间的页码翻动，不是简单的页起页落，而是一条汹涌的暗河，席卷着我在青春里的喜怒哀乐，虽然它曾不为人知，虽然它也曾飘散在风中，但我用热爱的方式，将它们统统抓了回来，关在了这里。

只要你什么时候有闲暇了，随手翻开，总有一位少年在书里等着你，等着你来读他的故事，一起走他来时的路。

站在青春里的L

L是我初中喜欢的也是第一个喜欢的女生。娃娃脸，略带着婴儿肥，喜欢笑，最开始喜欢她的时候还扎着马尾，走路一甩一甩的。

有天早晨，早早地到教室，发现她正在我的座位上帮我整理凌乱的课桌。

在那个年纪，遇到这种事总是有点不知所措的，于是我就傻站在旁边看着她。

她看到我在旁边，就抬起头咧着嘴，还很得意地跟我说："是不是很感动？以后可别把课桌弄得这么乱了。"

是的，我很感动。

我现在还记得那个被定格成一个镜头的场景，教室里就我们两个人，她抬起头与我对视，笑得天真，没有其他不合时宜的声音，有的只是早晨的风翻动书本的沙沙声。

人，地点，时间，都刚刚好。

如果少一样条件，我想大概应该是不会喜欢她的，只会礼貌地说一声谢谢。

那个年纪，一个男生喜欢一个人会表现得很拙劣：故意不买笔，就是为了有理由转过身去，问后桌的她借笔；故意在她写作业的时候，转过去掐她脸，然后跟她斗嘴；假装捡笔，然后把她的鞋带绑在课桌腿上……也曾经偷偷地在她教科书的倒数第二页的夹缝写一句“我喜欢你”，因为在那个年代，数字“二”还有很矫情的意思。

将喜欢这种小心思藏在故意又要装作不经意的行为里面，然后就可以因为跟心上人说过话、斗过嘴而开心一整天。

那个时候，最怕考完试换座位，因为是看成绩自由挑选位置的，充满了太多不确定性。本来普通规矩是每次期中、期末才换座位，可是我们班主任说只要是大考完就要换位置，于是月考也加入了我害怕的行列。幸好在我记忆里面，因为自己的有心之举，她是一直在我附近的。后桌，斜后桌什么位置都有过，唯一的遗憾就是没有同桌过。

有一次，她坐到我后桌的后桌，我内心便就又突然期盼起害怕的月考来。

其实我跟L一直都是奇妙的感觉，虽然是两情相悦，但没有在一起过。我们也都没在意过能不能在一起。因为那个时候，更多的是想着考上重点高中。而对于彼此，也都互相鼓励着。这大概就是在那个年纪对于喜欢最合适的方式了。

所幸，最后我们也都如愿考上了。高中她与我一样，学了文科，也仅限于此。

离她最近的一次，是一次班主任组织晚自习看电影，我提前用棒棒糖收买了她同桌。趁着关灯，我坐到她旁边。那场电影放的是什么早已忘记，没有忘记的是坐她旁边的紧张，还有满手心的汗。

现在回想，其实在不在一起真的不重要，懵懵懂懂的感情反而给自己留下了一段很美好的回忆。

相比起后来的遗憾与苦涩，跟她的感情反而显得更加珍贵。在青春懵懂的年纪，没有掺杂其他什么情感，有的只是对她浅浅的却又深刻的喜欢。

这种喜欢的概念很广阔，很难被形容。它可以只是一种关于年少的欢喜，又或者一段关于青春的旅程，究其根本只是一句单纯的我喜欢你，想让你的笑容多过眼泪的喜欢罢了。

一如那个清晨看着笑得可爱的女生，跟着傻笑的少年。

冬天

冬天，对于南方人而言，每年都是难熬的。不仅气温低得可怕，还常常顺带下点连绵小雨。

我从小学四年级开始住校，其中滋味，自然是尝过。住校生每日六点多，就要起床做早操，气温低也就罢了，偏偏早晨的风又是异常的大，全靠一身浩然正气，才能勉强扛住。

彼时的寄宿制学校，还需自带饭盒和米，就餐之后还需自己洗饭盒。将近零度的气温，一群四年级的小屁孩，用着冷水哆哆嗦嗦地冲洗饭盒，那个时候谁身上没几个冻疮，都不好意思说自己是住校的。

如今回忆那几年的冬天，独一个“冷”字格外清晰。

后来的初中，又或者高中，冬天的起早与早操，还是最为惧怕的事，不过随着年岁的增长，面对冬天，也是想出了许多好或坏的法子。

初中就与整个宿舍的同学，把门关上，各自奉献出不重要的书本，蹲在角落里烧火取暖。我们在享受这火光带来的一丝暖意时，却忽略了那升腾起的烟，在宿舍里聚集，然后从窗户的缝隙飘了出去。当楼下的舍管看着冒出的浓烟时，以为着起火来，于是提着灭火器，三步并作两步，冲上四楼。“哐”一脚踹开宿舍门，他保持着踹门的姿势，与蹲在地上的我们四目相对。

那天，我们被班主任骂得那叫一个惨，据说，在教学楼这边都听到了他的训斥声。

经此我们也认识到了这种行为的危险性。

后来学聪明了些，就开始打着请教老师问题的幌子，光明正大地去办公室蹭火。毕竟没哪个老师会如学生一般，纯靠一身正气过冬，也很难拒绝学生烤烤手的小小请求。虽然一科的问题总有问尽的时候，但没事，有七八科，换个老师继续蹭。

高中再大些，就很少用这些小心思过冬，即便如此，冬天却变得有趣了些。高中的超市，每到冬天就会有烤肠卖，一块钱一根。那时，每当靠着正气扛不住寒意，就会邀上三五好友，去买上一根，用以补充战斗能量。美中不足的，便是一天可能需要补充上两三回。零花钱就那么多，如此挥霍，迟早也会山穷水尽。

于是，常常围着班上要好的女生，死皮赖脸的漂亮姐姐长，漂亮姐姐短，哄着她们开心。因为女生大多是比较省钱，总有些积蓄的，把她们哄开心了，顺势央求着请客吃烤肠，大多数情况都不会被拒绝。

关于烤肠，倒有一个故事：

那年她赠过的冬日里的烤肠，轻易地将少年的天空点亮。指尖触碰的暖，将名为青春的白纸渲染。原来那位少年郎，不仅有不惧风霜的勇敢，还有一份藏在班级里的曙光。可惜，他再没遇见那拿着烤肠，笑得眉眼弯弯的姑娘。

又是一年冬至。

如今，大家在冬日里都有了火炉，双手执着一份暖意。只是不知他们，是否如我一般，还念着那些年的冬。

那栋教学楼

室外三十七度的高温天气，我随着表哥在田间地头奔走，却突然收到了一条信息。

是好友发来的。

除了文字，还附带了一张照片。

点开照片，那因天气而燥热的心，瞬间沉了下去。

照片上赫然是高三教学楼被拆的场景。

反复查看照片，放大好几次，想找出否认好友的地方。最终，不得不承认那栋高三教学楼，的的确确被夷为了平地。那栋在毕业以后，梦里出现过无数回的建筑，那栋想着闲下来一定回去看看的建筑，竟真的有一天轰然倒塌了。这也意味着，即使以后再有空，回到高中也无法再看见它，也无法再去重新站在走廊，重温一下当年。

回来工作了三年，我一直说等自己有空一定去看看。等啊等，我终究是没等到有空，而它也没等到我回去再看一眼。

灌高有两栋教学楼，一栋高一高二的，另外一栋则是高三的。高三开学的第一天，我们搬到了那栋高三专属的教学楼。现在回想起那段日子，过得是既痛苦却又开心。痛苦的是，文科的政史地永远在背与忘之间循环。看不完的书，做不完的试卷，刷不完的题，以及那一声声语重心长的唠叨，千军万马过独木桥的言论更让我们慌张。

开心的是，有同学们在走廊上一同聊天，追逐打闹，岁月静好，还有学生时代最常见的云霞。现在回想起来，那年的云霞始终比如今看过的，美上那么几分。

我与几位高中结识的损友，偶尔也在走廊吃泡面。每人一桶泡面，放在走廊围栏上，盖好，悠闲地等着面熟。趴在走廊上，吹着凉风，看着校外的世界，聊以后的人生，憧憬未来的自己。彼时的几人，还曾矫情地说道，毕业也不能拆散我们的友情。幸好，即使如今几人散落在天南地北工作，我们的联系也未间断。

我那刻了“广西师范大学”的书桌，不知是否被扔进杂物间，蒙上了厚厚的灰尘。也还记得“广西师范大学”这是我闭着眼睛都可以写出来的六个字。

高中三年，每一个学期的班级心愿墙上，我都只写它的名字。这六个字，我在草稿纸上写了又写，就这样憧憬了三年。我不断挣扎在背与忘的死循环当中。即使我从小就喜欢文字、文学，还是会怀疑自己，甚至想过转科。就在这时，遇到了它。猝不及防地，它闯入了我的世界，我发现它的一切，与我梦想的大学是那么相像。只一眼，便已沉沦，它就是我的“梦中情校”。于是我将它深深地刻在我的课桌上，这样我每一次低头做笔记，都能看见它。

于是，背与忘的死循环，不再是那么可怕。

地理、政治、历史将我的身心折磨得疲惫不堪，只需要看一眼课桌上的几个字，就又好像打鸡血一般。偶尔上课会发呆，我一只手撑着脑袋，另一只手轻轻摩挲着那六个字，那在我心里早已沟壑纵横的六个字。

我会想，等我高考完，一定会是师大人。到时候，我要牵着自己喜欢的女孩子的手，走过师大的每一个角落。我要告诉她，我高中的所有有趣的事。

于是，在无数次背了忘、忘了背之后，我会的东西越来越多。

只是最后的结局并不如人意罢了。

青春，没有遗憾怎么行。

还曾幻想过，桌子上那遒劲有力的六个字，也激励着无数后来的学弟学妹。

诸如此类的回忆，倘若说起来，哪怕是三天三夜也说不尽。可就是承载着如此多回忆的教学楼，却在今日，在挖掘机之下，沦为了尘土。

不过话说回来，拆了重建，总比荒凉无人问津好得太多。无数人的母校被废弃，长满如人高的野草，即使能够再重新走上一遭，看着无人的教学楼，回忆，只会平添更多的忧愁与苦闷。而重建代表着以后会有更好的教学楼，可以教育出更多的学子，走出更多的风流人物。

也许某天，我们再回灌高重逢。走在校园的林荫小道，看着新的教学楼，听着琅琅的读书声，看着那一张张有着些许稚气却又青春的脸庞，心中的欣慰会更多些吧。

奖状

整理杂物间时，从角落里找出一个落了灰的纸盒。打开，里面安静地躺着两本留言簿，一沓奖状。

奖状依旧完好，入手的质感，仿佛还是昨日才发下来。一张一张地摊开，轻轻抚过。看着上面那一个又一个的落款，以及那一场又一场，在记忆里早已模糊的考试名称。

是啊，自己也曾优秀。只是平凡得太久，已然忘却。

在之前的文章也写过。在小学时，靠着一点天赋，以及几分刻苦，在几百号人的乡镇小学里，鹤立鸡群。奖状自然是拿到手软。那时，靠得更多的是天赋，算不上最刻苦的那类人。所以奖状拿了无数，却从未觉得来之不易。故未认真保存。

开始与其他人较劲，是升入重点初中。同班同学的实力，个个都是旗鼓相当的存在。

比自己更有天赋的，大有人在。扫一眼，读一遍，就能记住单词的，很会做笔记的，很会举一反三的等。他们除了天赋比我好，还有一个共同点，那就是比我更努力刻苦。

我只排到了全班的中等水平。第一次家长会时，母亲眼中的那一抹失落，刺伤了我。

从小学的鹤立鸡群到初中的泯然众人，反倒是激起了自己的好胜心。

自己的天赋只体现在文科类的语文、历史、政治，而其他科目的成绩，不堪入目。

我还算聪明，开始把更多的时间花在薄弱的科目，学着去让自己更加努力刻苦。

成绩，也就慢慢往上升。

从进步之星，到三等奖，再到二等奖，但从未拿过一等奖。

这挺遗憾的，不过自己也服输。因为一等奖那几人，无论天赋和刻苦程度，都在自己之上。

因为努力过，所以初中的奖状，大多保存得比较好。

后来，升入重点高中。又是一轮筛选，遇到的自然是更优秀的同学。这导致高中三年，没拿到几张奖状，这才算得上真正意义上的泯然众人矣。也是从高中，就慢慢开始接受自己的平凡与平庸，接受自己只不过是芸芸众生里的一蜉蝣。

生活嘛，哪来那么多大英雄。

自己也挺乐观，乐意去做英雄归来时，为他鼓掌的路人。正如每次颁奖仪式时，我会毫不吝啬地为台上领奖的同学，献上自己最热烈的掌声。

塞翁失马，焉知非福。得益于此，自己才静下了心，去学着接触文学和写作。于是，看山观云，听风赏月。沉醉于名人大家的著作，遨游在文学海洋。看得多写得多，文笔自然是更上层楼。

有了那段时光的痴迷，才有了如今“养只柴犬”的出现，倒还真是无巧不成书。

洋洋洒洒写来，心底竟又有了当年的几分轻狂。

意气风发的少年，勿停留，且徐行！

哪怕旁观拍手，笑你疏狂。

疏又何妨，狂又何妨！

堂哥

爷爷育有五个子女，三男两女，我爸是最小的那个。于是，我也在同辈之中排行最小，而在我往上，有一堂哥，是四伯父的儿子。

堂哥打小起，生得俊俏，遗传了四伯父的高鼻梁、瓜子脸，胆子也是大得出奇，上树敏捷如猴，下河灵巧如鱼。

由于他的胆量和本事，在村里自然是一呼百应，身后常跟着一帮小弟，俨然一副孩子王的架势。他不仅有着异于常人的勇，更有着寻常孩童没有的尝试精神。

小学课本上有一篇课文，名字是《琥珀》。书中那关着小动物的琥珀，勾起了他的兴趣。他去松树林里刮来松脂，又捉来几只苍蝇。一顿捣鼓，倒还真被他做了出来，虽然质地混浊，但也引来了小伙伴们的惊呼。

而将松脂球埋入地底的他，并不满足于小小的苍蝇琥珀和那一阵又一阵的欢呼声。只见他倒拖着棍子，钻进杂物间里。一阵鸡飞狗跳，等出来时，手上提溜着两只老鼠。他说：“我要做前无古人、后无来者的老鼠琥珀！”

当然，有着本事的他，在童年时期自是不会太文静。上树掏鸟窝、摘果，几个起伏，便隐入树梢；下河摸鱼、洗澡，一个猛子，身形游动犹如鱼儿洒脱；而在田间捉狗婆蛇（石龙子）、拿石头砸蜂窝，这些调皮捣蛋的事更是家常便饭。用比较夸张的话来说：就算是村中的狗从他身边路过，也得被踹两脚。

按理说，这般野的村中孩童学习成绩是不行的，可他偏偏成绩优异，还写得一手好字。正是这般的有勇有谋，每当村中大人谈论起他来，都会竖起一个大拇指，称赞上几声。

就这样，他带着许多人的期望，在五年级那年，离开了村小，前往寄宿制学校就读。就是那年，他做出了一件很出格的事。因为不甘日复一日被束缚在那小小的校园里，就翻了围墙。气急败坏的四伯父对他一阵打骂，奈何堂哥吃软不吃硬，依旧公然对抗着他所讨厌的一切。没办法，伯父只能让他回到了村小，再读一个四年级。

幸运的是，大概因他长大了些，在第二年我与他一同去镇上读寄宿制学校时，他再也没爬过围墙、逃过学，也不再与老师对抗。

日子归为平静，我们按部就班地长大。在小学毕业考试时，因为他发挥失常，他留在了镇上的初中，而我去往了县里的初中。

如果说，要找出我俩的一个人生转折点，我想便是这一次去往了不同的学校。

我就读的初中因为在县里，所以实行的是半月假，不过每次放假回来，依旧喜欢去堂哥家，也因此发现堂哥渐渐地变得不太对劲。他开始背着大人，躲在房间里抽烟，他叮嘱我不要告诉任何人。我看着他吞云吐雾的样子，极为享受，也想讨根试试。

堂哥摆了摆手："这玩意儿不好，你别学。"

除抽烟以外，来家里寻他的人似乎也变得多起来。虽然儿时也有，但多是同村玩伴。而此刻的这些人，已不是儿时玩伴。样子是奇形怪状的：留着厚厚的头发，有几个打着耳洞，长长的刘海儿，总是遮住了一边的眼睛。我从未看见过他们另一只眼睛的样子，这也一度让我怀疑，那只眼睛会不会退化。而那说话间时不时甩一下长长刘海儿的怪癖，更是我理解不了的。

后来，我明白了那叫潮流。

他们常常大声谈论游戏，讨论哪个班的女孩子好看些。他们上知天文下知地理，谈论古今，聊着数不尽的话题，只是那些话题里，唯独没有学习的内容。

于是我去的次数变得越来越少，如果去的时候，遇到他们来找堂哥，也会识趣地找个借口离开。

伯父伯母也是发现了堂哥的种种异常，各种软的硬的劝导方法都试过，依旧改变不了他的性子。他依旧我行我素，在勇于尝试新事物的道路上一路狂奔，也从重点班跌落到普通班。

随着手机的兴起，堂哥也在堂姐那里软磨硬泡来了一个手机。

白色，键盘式的。

为何这么多年还记得，因为我也偷偷跟着堂哥玩过。

聊QQ、上网、听歌，手机几乎占据了他所有的假期时间。他一般都是一边抽烟一边玩手机，放着歌聊QQ。他的那些朋友也是“潮人”，个个都有手机。假期里，堂哥小小的房间里，总是乌烟瘴气的，各种音乐、DJ声音混杂在一起，像个歌舞厅一般。大人看了直摇头。

我去找他玩时，偶尔也会翻看一下他的书包，课本上的笔记越来越少，涂鸦占据了半壁江山，而练习册的空白也越来越多。伯父伯母的脸上，不再是欣慰的笑容，取而代之的是横眉冷对的训斥声。

渐渐地，关于他的一些负面信息开始被村里人议论，大家也不再像以前一般夸赞，更多的是几声叹息。

他好像变了个样子，又好像没变。因为他除成绩下降以外，性格什么的还是差不多的。至少在我这个堂弟看来，他还是会照顾着我，叮嘱我多读点书，不要抽烟，不要沉迷手机。

初中毕业时，他的成绩勉强上了个县里的普通高中，进了个普通班。县里的高中比乡镇初中人数更多，所以他身边的朋友更加奇形怪状了。他们成群出去上网，时不时还翻个围墙。又恰逢智能机的浪潮，能够下载的手机游戏更加多了，堂哥偷偷带手机去学校成了家常便饭。

在校期间偷偷玩手机，假期就去网吧玩游戏。

他的书本，到这个时期除名字以外就没有其他痕迹了，因为上课的时间他大多是拿来补觉，书本也就可有可无了。

我担忧地说道："老哥，高中了，多读点书吧。"

他说："志不在此，想学挖掘机。"

虽然我进入高中后，也会在周末那半天假，偷偷去上网，但觉得玩游戏是正常的，学习还是要放在首位。

他依旧我行我素，浑浑噩噩在高中度过了几年，等到了高三下半个学期，他就决定不再去学校。我听到这个消息，放假的那个周末，与他彻夜长谈，意图劝回他那颗向往着自由和挖掘机的心。

那个时候，我是高二。我也是知道，距离高考也就那么一点时间了，他只要随便考个过得去的成绩，再上个不好不坏的大学，人生路倒也还算好走。

可惜苦劝无果，我只能眼看着他坚决地结束了为期十一年的学习生涯，踏上了另一条属于他的路。其实他的班主任挺好的，在这样的情况下，为他保留了学籍，保住了高中毕业证。

他出发前，信誓旦旦地跟我说："进厂一年，攒钱去学挖掘机。"

就这样，堂哥的一年之约，过了一年又一年。弹指一挥间，已是八九载的光阴，自由和挖掘机他都未能如愿。写到此处，我发了条信息给他："还记得当初的挖掘机梦吗？"

他说："早已被流水线磨灭。"

儿时的我羡慕他敢于尝试的胆量，如今回首，却无比希望当时的他，能胆小那么几分。其实堂哥不缺乏冒险尝试的勇气，只因为出生于农村，所以承担不了试错的代价。

现在我们哥俩已经二十多岁，关系还是很铁，他也还是胆大的，我平平庸庸，在很多事情上不如他来得果断和勇敢，可惜的是，他现在依旧有勇气，但受限于受教育的层次，眼光和思维并不是那么好，他有想法，却都是普普通通，偶尔也能感受到他的自卑。

当年那颗因为不读书射出的子弹，在岁月里穿梭了如此之久，还是击中了二十多岁的他。

偏见

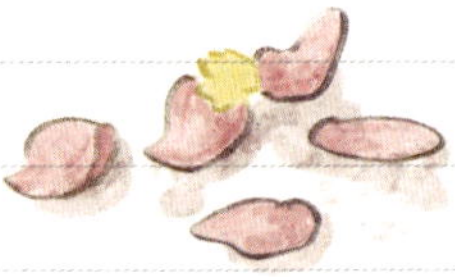

同学跟隔壁班女生在一起了，一个身高一米五，皮肤黝黑的女生。

知道这个消息时，几个文科班都炸开了锅。

男生是出了名的高岭之草，身高一米七八，模样英俊，性格随和喜人，所以自打分科后，文科和理科，前仆后继地折了好些想要折草的女生。

倒是谁都没料到，竟被这样一个女生截和了。

那个女生，我在校园里见过好几回，总喜欢低着头，迈着小而急的步子，急匆匆地走。模样谈不上好看，也谈不上难看，衣服大多是深色，款式也比较老气。

她就是一个在青春里普普通通的、不会在人群里发光的女生。在很多人看来，他们两人像一对视觉强烈的反义词。因此有一些同学，见到他们走在一起时，都会窃窃私语几句，像是见到了什么不得了的笑话一般，甚至私底下还有人取“热水壶”等外号。

有些好事者看到两人走在一起时，会故意上前打招呼，意味深长地伸出手比画一下女生的身高，偶尔还会喊出“热水壶”的外号。他们把青春期里最大的恶意给了这么一个与自己毫不相干的女生，在她的面前肆无忌惮地嘲笑着她的缺点，在她为数不多的自信上，踩上一脚又一脚。

好像他们只注意到了男生与女生外在的不匹配，根本不在意故事是如何开始的。

最开始，只不过是期中考试时，男生兴起，在草稿纸上写下了自己的QQ和喜欢的歌手。那张草稿纸在考试结束后，刚好被那个女生捡到，而女生也喜欢那个歌手，因为外貌而一直胆小自卑的她，这一次却格外勇敢，发送了好友申请。

两人互不认识，因同一个偶像成了朋友。他们谁都没有不一样的情感，初衷也只不过是想互相谈论偶像罢了。只是后面两人的聊天越来越频繁，聊的内容不仅仅是偶像，开始涉及生活、理想之类的，男生发现这个普普通通的女生，倒是很多地方跟自己挺合拍的，也挺可爱的。

女生也是如此。

女生心动了。胆小的她开始小心翼翼地接近男生，她觉得自己不该错过一个这么与自己合拍的人，即使他优秀得如同一轮明月，即使两人之间隔着千山万水，自己也要勇敢一次。只是她也没有想到，男生也是这样想的。他不在意所谓的身高，所谓的外貌，他只知道她很可爱。

于是，故事就开始了。

这一路的流言蜚语，男生倒是不惧，依旧喜欢跟女生走在一起，也经常去她们班找她。

记忆比较深刻的是一个傍晚。我坐在教室里看小说，他俩在走廊上站着，拿着书本，互相谈论着有趣的话题，依稀能够听到他们的笑声。

那天傍晚，天边有灿烂的晚霞，教室里只有另外几个背书的女生念念有词，头顶的风扇依旧吱呀呀地转着，书本被吹动翻页的声音格外清晰。

我从窗户看他们的背影，两个人挨得很近，风轻轻吹起了女生的发梢，被橘红色的霞光映衬着，洒上了一层明媚的颜色。这个场景也被我用随笔的方式，写在了笔记本上：

“夏的傍晚，晚霞甚是可爱。灌高的走廊上有一对少年，肆意绽放属于他们的感情花朵。有晚风吹过，他们随风招摇着，并肩而立。那风吹散了身边的流言蜚语。两人的笑声穿透了风扇的吱呀，路过我的耳朵，轻声告诉我，这叫作青春。”

Hi,

我的朋友

很高兴你能打开这本书，然后展开这封信。虽然我们素未谋面，但文字让我们相遇。

此刻距离2022年7月20日发布第一篇随笔已经两年，同时也是回到家乡工作的第五年。我的家乡是一个南方再普通不过的村庄，她将我们雕刻成青年后，又大方地送出深山，她并不想孩子们又回到自己贫瘠的怀抱。可当我毕业后迷茫得不知所措时，是她张开怀抱，接纳了在外的游子。

是的，回到家乡，是因为迷茫。

庆幸的是现在不迷茫了，因为家乡不仅接纳了我，还告诉我该怎么在岁月中行走，去经历当下。

很多朋友说我的笔下总有一抹对乡土别样的情绪，在我这个年代出生的农村孩子，恰逢乡村的繁盛，感受着村中的淳朴与美好，度过快乐童年，而此刻正见证着它的衰败，难免让人既爱得深沉，又痛心得无能为力。

我去吃丧酒的那位老人，已经离开两年；距离吃毛桃、捡板栗也过去了两年，而那刻在杨梅树上的日期，过去了十八年……书里记录的所有事情都过去了好久。

岁月的流逝让我明白这些点滴是弥足珍贵的，正是每个生活的瞬间，组成了自己独一无二的人生，对于过往，懊悔是无用功；对于未来，再忧虑也无法让它早一点到来。此时此刻的我们，才是真正的自己，那不妨试着慢一点，去看炊烟，去看星河，去体验每个瞬间，将当下每一步都迈得踏实。不惧岁月流逝，感受时光的脚印，才能有美好回忆支撑自己在未来的日子里前行。

这样，在暮年的某个傍晚，我们静静躺在门前的竹椅上，就能把生命中的这些人和事统统记起。

“看来自己的人生过得还算精彩。”于是望着隐入山巅的夕阳，嘴角带笑，感叹一句：“时间啊，也没过去多久。”

养只柴犬

男生的出现，让女生变得更加自信。那段时间，在校园里遇到那个女生。她不再是低着头弓着背，而是抬起了头，露出那张普通却又自信的脸庞。衣服也不再是老土的深色系，反而是一些比较俏皮而新颖的款式。虽然略显一丝不搭，但依旧能感受到她身上的不一样。有时也会在网吧遇到男生去上网，女生则会静静坐在他身后，陪着他，两人偶尔低语几声。

我以为这将会是一个值得歌颂的青春故事，也将会有一个让人羡慕的结局。

只是那些好事者依旧乐此不疲地喊着外号，散布着恶意，他们美其名曰：考验二人的感情。所以即使过了个把月，嘲笑声依旧有，当然男生也会讥讽嘲笑者肤浅，只是女生来我们班的次数越来越少。直到后面，便再也没看到。男生也不再去找女生，与那些好事者也不再往来。

“提个热水壶”等之类的声音也销声匿迹，仿佛从来没有人提过。这件事就像一个插曲。文科班又恢复了平静，这个故事也慢慢被人遗忘。

至于分开的原因，其实就是好多人经常笑话他们。在那个脆弱的年纪，又有几个受得了这种流言蜚语，于是女生就选择分开了。

后来跟男生成为朋友，他跟我说他是想陪着她的，可惜她翻越不了心中的那座山，那座名为自卑的山。

是的，他太耀眼，她太自卑，他以为他会给她带去光亮，却不曾想过，恰是他的光亮，更衬得她像是黯淡无光……有着这样的比较，她又如何自处呢？

后来在校园里，再见女生时，她穿回了她那土土的深色系衣服，走路依旧低头弓背，脚步匆匆。

少年不少年

与好友约好了高中语文老师，说想回去看看，看看那所承载了三年热烈青春的学校。

入校登记时，门卫大叔那花白的头发竟变得乌黑发亮，还以为他紧跟时代潮流，染了发。定睛一看，站在面前的已经不是当年的和蔼大叔。

时光在我们还未踏入校门时，就迫不及待地来了一个下马威。

几人一进到校园里，一言不发，只是安静地走着。踩在广场熟悉的地砖上，步子莫名有点沉重起来，这里的一砖一瓦，都有一段关于当年的故事。

语文老师站在走廊上热情地挥手。初春的风微微吹过，带起一点凉意，广场上只有我们几人，与他遥遥相望着。此刻就像当年一个再寻常不过的下午，我们只是请假出去了一趟的学子，而不是毕业数年未归的人儿。

语文老师还是老样子，嘻嘻哈哈的，跟他聊天总能让嘴角不自觉扬起。他让我们围坐着，谈论起这些年他未曾参与的故事。对于他，我是内疚的。因为我是他非常看好的语文苗子，可惜对于语文散漫成性，高分全凭作文发挥，略有几分得过且过的味道。

在毕业留言录上，他这般写道：“没有教好你，是我这几年的痛。”

你看，即使在故事的最后，他还是把责任全都揽给了自己。

“如果当年能虚心些，再跟着老师您多学些东西的话，我想我会更上一层楼吧。”

时隔多年，当年那个辜负了他期望的学生，过了这么久，终于跟他当面悔恨了当初的年少轻狂。

他摆了摆手，说着没事，现在看着大家过得都不错，他也挺开心的。

放学铃声响起。他让我们去校园里到处转转，去看看学弟学妹，找找当年的故事。

我们顺着人潮往前走着。阿L兴奋地说：“我们现在长得也还像高中生，学弟学妹肯定认不出来。”他一说，我在那一瞬间有了错觉：我们真的没毕业，是刚下课要回宿舍洗澡的十六七岁少年——

可心里清楚知道，我们早已不再属于这眼前的人潮汹涌。

站在宿舍大门外，抬头看向熟悉的宿舍。

这时，有几个男生从那宿舍里走了出来，在走廊上望着楼下人来人往，一会儿勾肩搭背，一会儿推推搡搡。可能察觉到我们几人的注视，他们也纷纷看向了我们。

望着，望着。记忆中这一幕似曾相识。

我想起当年还在这里读书时，有天傍晚，我跟阿L他们在走廊看到几个站在楼下的人，呆呆地看着我们这栋宿舍楼，当时我们还在笑他们是不是有点傻，干吗不回宿舍，在那里干站着。

直到今天场景互换，我才明白他们并不是不想回宿舍，而是在这里，已经没有他们的宿舍了。

走。

食堂依旧飘香，龙川亭人来人往，而那九曲桥上，依旧有少年拿着买来的面包，惹得池中的鱼儿将卧龙池泛起阵阵涟漪……

时光是个虚无缥缈的东西，可在回母校这一趟里，无处不是时光来过的刻印。校园里的花儿年年开，可有些人离开后，便再也回不来了。如此，一年又一年，一层又一层，如年轮一般，圈圈圆圆又圈圈。

看着卧龙池边那新冒出的嫩绿，和桥上的喂鱼少年，心中万千滋味只化作一句：

为何只许春又来，却不容我再少年。

他们

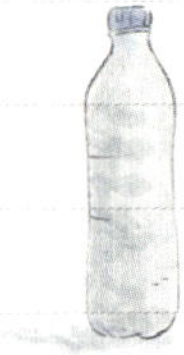

初春的江边，从夜幕中走来几位青年，高谈阔论，肆意地笑着。来往行人纷纷投来看见神经病的目光，嘴里念念有词，但他们似乎并不在意，笑得更加大声了。

这几人是我高中时代结识的好友，如此算来，这段友情已走过了十多年的漫长岁月。

这段属于青春的故事，开头很简单：

“你好，我叫阿L，你们呢？”

“我叫小W。”“我叫老C。”……

“走，一起去食堂。”

这一走，走了高中三年，走了大学四年。

哪怕现在工作了，还会一起走在江边，吹着微冷的春风，打打闹闹，被人投以神经质的目光

阿L打趣道：“早知道会在你们身上浪费我这么多年的青春，当初我就不邀你们去食堂了。”

阿L是这个小团体的主心骨，性格开朗，脑筋灵活，经常带头搞些奇奇怪怪的事。

高三教学楼前有个喷水池，养了许多小鱼，其中有些色泽漂亮，深受女生喜欢。

阿L眼珠一转，用矿泉水瓶、剪刀和线，做出一个简易捕鱼器。而我们就靠着这个简陋的捕鱼器，将池里好看的鱼儿捞了个精光，拿着它们，向女生献殷勤。

至于老C，性格内向，在我们“不谙世事”的对比下，更显得文静。奇怪的是，如此的他，也能跟我们打成一片。课间，他一般会安静地坐在座位上看着小说，而有时我们会从背后一把搂住他，撒娇道：“C哥哥，俺们想吃糖糖，一起去超市呗。”

他白一眼，然后学着我们，细声细气地说：“去嘞去嘞，你们请客哟！”

傍晚的几人，最常做的事就是趴在走廊上看路过的女生，比较着谁更好看些，他还是安静地在一旁，但偶尔会有点不好意思地笑着说：那个还可以……我们会一把揽过他的肩膀：“哪个哪个？竟然能被你夸！”于是，他的脸彻底红了。

关于我们的故事，说上三天三夜也说不完：高三打球把脚扭伤

后，他们嫌弃我走路太慢，直接把我架上了背，轮流背了一个星期；大学，阿L表白，我们从各地跑去帮他布置场地，见证了有情人终成眷属……

如今站在青春的尾巴，再回首这一路的风雨。他们接受了无知的我，包容了任性的我，承受了我的许多情绪，慢慢陪着我长大。不知不觉，他们早已成了我青春的代名词。即使岁月犹如大浪淘沙，会冲走了许多许多的人和事，但他们会永远留下。

几人并肩继续走着，笑声回荡在夜色里，依旧有路人看过来。

我们依旧不在意，因为这是离别前最后的无忧无虑——

就让我们高歌且肆意！

此次一别，再见又要以年为单位。

于是我放慢脚步，拍下了他们的背影。

我是知道的，在各自的手机里，对方的丑照一大堆，合照却屈指可数。

为什么？

因为我们彼此都知道：我们啊，永远会有下一次见面。

落幕

接到来自高中同学的喜帖，我犹豫着，是否要跟平时一样，客套几句，发个红包了事，但想起那一张张青涩的脸庞，还是决定亲自前去。

那年六月的“考试结束”响起后，曾在同一个教室里奋斗过的许多人，互相笑着说有空常聚，从此隐入人海，再也没见。

结婚的同学人缘还不错，想必会有一些老同学到场。对比起那千篇一律的酒席，我心底更想的是，与他们坐下来，聊聊曾经，再说说在分别的日子里发生的故事。

婚礼那天，人很多。我反而多了几分欣喜，如此场景，肯定许多老同学也来了。门口人头攒动，但我还是一眼看到了穿着新郎服的他，携着亭亭玉立的新娘，迎接赴宴的亲朋与好友。他还是记忆中的样子，只是眉宇之间，多了几分成年人的气息。

隔着人群，望着他，我有点恍惚，仿佛在前几日，我们还是十七八岁的少年，一同在学校的篮球场，挥洒着名为青春的汗水。记忆还未模糊，眨眼却到了穿着笔挺西装，在胸前别上一朵“新郎”花的年纪。

与他寒暄了几句，随了份子，就入了席，我自然是坐在高中同学那桌。比较意外的是，赴约的人并不像自己预想得多，但也坐满了一桌。

许久未联系，一大桌人之间，多了几分肉眼可见的尴尬与不自然。

“各位老同学，好久没见了。”有人主动开口，算是打破了沉默。

我想起几个高中很有趣的事，刚想开口，发现他们却只专注聊着如今各自的工作方面，互相吹捧着，笑着。我把到嘴的话又硬生生地吞了回去。

我还是不死心，看到席上有两个男生坐在一起，他们俩在高中关系还挺好的。

于是我企图打一下回忆牌：“××，我记得高中写心愿墙，你们两个写的可是同一所学校呢，班主任还特意提了，还记得吗？”

“哈哈哈哈，那时的狂言罢了，哪能跟L总比呢？”××尴尬地笑着回道。

原来，后来的L总去了名校，又进了大公司，能力出众年少有为。而××普通大学，中规中矩毕业，成了再普通不过的打工族。

××带着些奉承的笑，跟L总聊着天，而L总靠在椅子上，十分受用。好听的话谁不想听呢？

这是他们如今的模样。

可我也还记得，在那年的冬天，L总跟××在教室里抢着同吃一根烤肠的场景。

他们聊天的声音，慢慢地，我不再觉得清晰与特别，与其他桌混在一起，变得嘈杂，吵得让人想要逃离。靠在椅子上，看着他们，熟悉，却又觉得陌生。

此刻，它成了我所厌烦的千篇一律的酒席里，再普通不过的一桌。

上菜时，我推脱了那清澈的酱香液体，倒上了饮料。他们说我还跟高中一样，只会喝饮料，劝我要学会喝酒，这样才更能吃得开。

“敬我们的青春！”

酒杯碰撞、摇晃。

一杯深褐色的饮料，格外显眼。

再见

离别无声

闲来无事，便到村头与叔伯长辈闲聊。高谈阔论，吹散了冬寒。

“怎么没看到×伯？他那么爱热闹的。”

他们闻言，愣了愣：“他两个月前就不在了啊……”

两个月前的事，我竟现在才知晓。

儿时，×伯在柿子树下逗我的场景，放学路上，他总会热情地叫着我的小名，山里回来，还会帮我带几个野果……这些场景依旧清晰。此刻，却连道别的话都来不及说，哪怕一句。

其实这份离别，有迹可循：我还是乳臭未干的孩童时，他的鬓角早已飘满霜雪；每次回家相遇，他的背都好像弯了一分——

岁月，早就在背后铺垫

着这一切。

离别就像空中的叶子，在秋风中打着旋儿，轻轻落在地上，没有一点儿声响。

村口住着一位长满络腮胡的伯伯，说话的腔调抑扬顿挫，言语幽默有趣。

他喜欢靠在门口，拿着竹筒做的水烟壶，咕噜咕噜地抽着烟。他也像本故事书，藏着许多趣事，所以儿时的傍晚，我总喜欢去找他，听他绘声绘色地讲故事。偶尔他吐着烟圈，也跟我说些人生大道理，美曰其名：思想课。我这个学生不太合格，因为每次都是听得半懂不懂。若是需要考试的话，那必定是不及格，不过我依旧爱听。

他有一块稻田在我家门外，春播秋收，他站在田里唤一声，我就会飞奔出来，坐在门口的柚子树下陪着他唠嗑，打发劳作时的无趣。因为他，我的童年多了几分乐趣与回忆。

直到在小学的某个周末回家，父亲说那个伯伯去世了。

听到消息时，对生离死别还没有多深体会的我，并没有多难过，只是问了问，依旧扒着碗里的饭菜。饭后散步，脚习惯性地往他家方向走去。

门前，再没有那道咕噜咕噜抽着烟的熟悉身影，而门上贴着崭新的挽联，仿佛在告诉我，有些离别可以重逢，但有些离别便是永别。

心底的悲伤，一瞬间浓郁起来。

因为离别，记住了奶奶对我的那份等待。

在村小时，她喜欢等着我与堂哥放学去吃午饭。等我们出去读寄宿制，她等不了我们放学了。就等我们每周周五放学时，在我家门口等着。其实那时的我们已经不像儿时与她那般亲近，往往也聊不了几句话，也不愿跟她说说学校的趣事。我想她是知道的，但她还是爱等，只要看见我平安回家时，才会笑呵呵地背着手离开。

因为离别，记住了外婆对我的目送。

每次跟随父母从外婆家回家时，外婆都要到门口送我，叮嘱我要听爸爸妈妈的话，别让他们操心，让我有空多来她这里吃几顿饭。有很多次，已经行出很远很远了，我从父亲的摩托车后座上回头，而她这个瘦小又驼背的老太太还站在原地，努力地抬起头，目送着我。

我时常也会怪自己，没有珍惜与她们相处的日子，总以为来日方长，来日方长。这样爱着我的她们，到最后连句道别的话都没来得及让我说，就那样急匆匆又静悄悄地离开了。

有人说：离别后的怀念，是惩罚。惩罚那些念旧的人，惩罚那些停留在过去岁月里，不肯前行的人。

可，我依旧怀念：

无论是那位儿时常牵着我去散步买糖，画画哄我开心的三伯爷，还是那位咕噜咕噜抽着水烟的伯伯，也或者是那位有好吃的总念着我的伯奶，再或者我的奶奶与外婆……

他们给我的人生留下了如此浓墨重彩的一笔，让我感受到了世间的慈爱与真情——

我怎么可能不怀念，又怎么可能不去怀念！

所以，就让我做个被念旧惩罚的人吧。

在剩下的岁月里，记住他们的模样，带着他们给我的那份爱，好好地生活。直到我也垂垂老去，两鬓斑白，也会学着他们把这份爱赠予那些晚辈。

年年复年年

年前的家里有多热闹，年后就有多冷清与落寞。

今日初六，村里的年轻人一批又一批匆匆离开，成为漂泊的游子，而与亲人见面的日子，便又一次以年为单位。前几日那人声鼎沸、洒满孩童欢声笑语的小山村，慢慢沉寂了下去。热闹散去之后的冷清与落寞，全都给了留守在村里的亲人。

饭后散步，灯光点点，缀饰着单调的夜色。

路过伯爷家，楼上的灯带闪着，五颜六色，在夜色的衬托下，添了几分热闹。

伯爷蹲在门口，点燃了一支烟，正抽着。

“伯爷，吃过了没？”

“吃过啦，你呢？”

“我也吃啦，老哥呢？”

“今天出去上班了。”

抬头看了看楼上的灯带，那是一年才回来一次的堂哥装的。

难怪，往常这时，他家的客厅早已响起了音乐，今日却是安静得很。

顺着路慢慢往前走，遇到了几位同辈，闲聊之下，他们都说是明后日就出发的。其实，初七初八才离村外出，比较起来，已算是较晚的了。他们的言语之间，都流露着对家人的不舍、对家乡的眷恋、对这几日无忧无虑生活的渴望，但更多的，是一种无奈，一种让我思索了许久，也没有找到合适的词语去描述的无奈。

“如果不是为了生活，哪个愿意把父母丢在山村，自己出去打工呢？还不是没办法吗？”他们其中有一人这般自嘲道。所以，他们总会羡慕我一句，毕业就在家乡工作，不用感受年前回家的期待、年后的离别。

我没感受过吗？其实不是的。

大学实习的工作，便是在外地。刚出象牙塔的我，眼看着年关越来越近，开始害怕抢不到回家的车票。可放假的通知迟迟不来，无法买票，以至于梦里都是接到了通知，抢到了票。

回家那日，我将那张动车票紧紧攥在手心，掌心的触感，让我有一种无比踏实的幸福感。

也是那年让我明白了，其实过年最开心的，并不是大年三十、正月初一那几天，而是年三十的前几日。一家子欢聚一堂，围着火炉，大声商讨着年货的购买，如何去布置更显得喜庆热闹……这时，是一家子对于年最为期待的时刻。

记得很清楚，那年的正月初四，便离开了家乡，我在班车上还不争气地哭了。

因为那是第一次这么早离开父母，第一次感受到以年为单位的见面时间，有多么令人惧怕与难以接受。只是身上背负着的责任，让我们不得不去忍受这份思念与离别。日渐老去的父母也好，嗷嗷待哺的儿女也罢，都是我们擦去眼角泪痕、咬着牙也要往前走的理由。

回家时，伯爷家楼上的彩灯依旧亮着。

而在大门口，有一颗暗红色光点。

在漆黑的夜里，忽明忽暗。

亮了又熄，熄了又亮。

我们都在不断告别

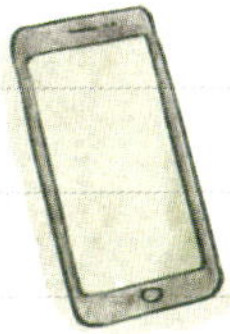

同单位一外地同事，因为家庭原因，选择辞职回老家工作。

我与几位同事，在离开那天去车站送他。

车站门口，我们与他依依惜别。

“回去吧，又不是没机会见面，以后有空常聚嘛。”他笑着说道。

我们也笑着回道：“好，以后一定要常聚。”

其实作为成年人，“以后有空常聚”这句话，在二十余载的人生经历中，早已听过无数次。这句只有六个字的话，底下藏着多少悲欢离合，又有多少人说了再见，却是再也没见的。

初中和高中的毕业留言册，我至今还保存着。闲暇之余，也会翻出来，重温当年的时光。

留言册上面，满是带着稚气字迹，写下的“勿忘我”。我也曾为许多同学的留言册，写下这三个字。

可写下“勿忘我”，就真的勿忘了吗?

现在看着上面的一些名字，记忆里需要搜寻许久，有时甚至连他们的面容也想不起来，估计他们也是快想不起我的模样。

恍然发觉，我们自从毕业，再也没见。最后那一面，彼此依旧如往常一般，挥着手说再见。待各自转身后，隐入人海，重逢无期。

大学毕业那天晚上，宿舍吃散伙饭。大家在饭桌上推杯换盏，激昂地讨论着未来，憧憬着自己的前程，许下豪言壮语。我们举起酒杯，大喊着：“时光不老，我们不散，一定要常聚。”如此豪迈的我们，自然也不会想到，那一顿饭后，许多人再也难相见。就像如今已毕业几年，我只见过其中一位舍友一面。

又如，那天与父亲去地里扯花生，偶遇的老伯一般。上一次见他，是在一个再寻常不过的傍晚，我拿着他帮我抓的“土狗仔”，跌跌撞撞地跟在母亲身后，扭头与他挥手道别：“明天我还会来的。”这一挥手，时隔了十多年再见。他如今满脸皱纹，头发花白。

也还记得与奶奶的最后一面。夏日的午后，日头很大，知了有气无力地叫着。奶奶看着换洗的鞋子，便想趁日头大，把鞋子洗出来。年少的我，自然舍不得让老人家动手，可就因脾气急躁，表达有问题，语气冲了一些。她与我对视了一眼，便无可奈何地放下了鞋子。临走之前，她叮嘱我：趁着日头大，记得早点洗出来，早点晒干。

谁知当天晚上，她便永远离开了我。

那一面，那句话，竟成了永别!

自那以后，与人相处的脾气，便收敛了许多。因为我害怕某天，又是与谁的最后一面。

人有悲欢离合，月有阴晴圆缺，此事古难全。于是，我开始去珍惜每一次见面，或多或少去拍点照，留作纪念；也习惯与他们分别时，多看上两眼。

请珍惜，因为也许在某天，彼此的一句再见，里面却隔着山南水北，隔着人来人往，也藏着再也不见。

重逢与离别

“喝完这杯奶茶，等下次见面，会不会又是十年后？”我对着面前这个瘦小的男人，轻声说道。

他愣了一下，旋即咧开嘴，摆了摆手。

“我可是要喝你喜酒的，当然，你要是十年内不结婚，我也没办法。”

说话的这个瘦小男人，是我初中时代的好友之一。

为人善良仗义，说话也挺幽默的，美中不足的，就是人长得有点瘦小，学习成绩也常年吊车尾。但这些并不影响我们成为好友。那时候几人的关系，要是用比较搞笑的话来形容：要好到同穿一条裤子。

至于曾经那么要好的几人，为何在毕业后将近十年未见。

我也不知道。

只记得在中考完后，我们回学校领分数条，在校门口分道扬镳时，还在互相打闹。

我们啊，手里举着分数条，挥手道别。

那是七月的风，它吹散了夏日的几分炎热，吹动着几位少年手中的分数条。而分数条上面，印着一二三四五等。这些不同的数字，我们以为只是中考成绩罢了，其实在此刻就已代表着各自不同的人生道路。

于是，一等的，考进了重点高中的重点班；二三等的，考进了重点高中的普通班；四五等的，进了普通高中……而六等的他，选择在九年义务教育完成以后，结束了自己的学习生涯。

他刚出去时，还常在QQ群里分享一些生活的精彩。

他说外面灯红酒绿的世界让他目不暇接，不是小县城所能比的；他说自己像一只自由的鸟儿，再也不用被家长、老师所束缚；他说，他要高飞……

那时的我们，因为都在读寄宿制高中，每个星期只有周末半天假，所以回消息的次数，屈指可数。

渐渐地，他也不再发消息，那个群也就冷了。

我与几位考上同校的好友，最开始虽然都不在同一个班，但偶尔也会一起去食堂。

后来，每个人的身边，也换成了一副副陌生的面孔。

有了新的朋友，新的圈子。

到这个时候，我们之中没有任何一个人做错事。可就是在不知不

觉中，曾经那个充满了欢声笑语的小团体，莫名其妙地散了。

甚至连原因都不知道。

等恍然发觉，回头看时，只剩一声叹息。

我回过神，看着眼前这个男人，有点恍惚。

他依旧清瘦，说话没了当年的意气风发，就像一只向往着自由翱翔的鸟儿，被折断了翅膀。

当年他说他要高飞。

如今他说他想找份稳定的工作。

最后，我们挥着手道别，一如当年在校门口那样。只不过不再意气风发地大喊着，只是轻声地道了一句："路上注意安全。"

转过身。

他往东，我往西。

人生的路途，我已经经历过很多这样的故事了。他们的出现，仿佛只是为了陪伴我走过某段旅程，任务完成后，便又归于人海。

相遇，相识，再离开。

写给外婆

时间真的好快啊，不知不觉，我们已经快六年没见了。

今天是重阳节，月亮很亮，也很美，照得地面上亮堂堂的。想起儿时的那个夏天，母亲将你接来家里小住。每天晚上，你都喜欢在门口，摇着蒲扇乘凉。我就拿张小凳子坐在你身旁，靠着你，你帮我扇着风。我望着天上的星星，眨呀眨，然后指着月亮：“外婆，你看今天的月亮好亮。”你说月亮不能指的，指了要被它割耳朵的。

吓得我啊，赶紧躲到你的身后，捂着自己的耳朵，小心地看着天上，生怕它真的飞下来把我的耳朵割走。

在学前班第一次拿一百分的那天，我攥着作业本，一出校门就狂奔回家。村中长辈看着像风一样的小屁孩，一脸诧异。

你知道吗？我第一个想报喜的就是你。

屋旁有个小陡坡，我直接一跃而下，气喘吁吁地把作业本递到你面前。你仔细地看着那鲜红的一百分，笑着说：“崽子有出息咯，能得一百分了。”你从布兜里，掏出了一元钱塞给我。“拿去买你喜欢的水彩笔吧，莫告诉你妈妈，我给你钱了哦。”

那天，我得了第一个一百分，也拥有了人生的第一盒水彩笔。

你对最小的我，总是偏爱几分。每年去拜年，你总有好吃的留给我，我不肯要，你就把它们硬塞进我的兜里，还会偷偷塞红包给我，而红包也总是厚厚的，如果我不要，你就把脸板起，直到我把红包揣进兜里，你才又露出笑容。

你喜欢坐在我旁边，轻轻地握着我的手，聊着家长里短。说也奇怪，性子急躁的我，在你面前总是温顺得出奇。

回家时，你都要到门口送我，叮嘱学习要努力，要听爸爸妈妈的话。

我多次在离开时，从父亲的摩托车后座上回头，而你这个瘦小又驼背的老太太，每次都站在原地，努力地抬起头，目送着我，直到转过那个弯，咱俩互相看不见为止。

我总以为，你这个爱笑的老太太是不会老去的。直到有一年，你身体很不好，病恹恹地躺在床上。听着长辈们的谈论，你的情况似乎不太乐观。那个时候我真的很害怕，害怕你就此离去。可你却强撑着告诉我，还要看着我娶媳妇呢。

那一年，你熬了过来。依旧会在过年时，给我准备好吃的，偷偷塞给我厚厚的红包，依旧目送着我回家。我对你说："等我大学毕业，一定会找份非常好的工作，过年给你大大的红包，买好多好吃的，一定要对你很好。"

你闻言，脸上笑开了花，说你会等的。

是啊，你说过要看着我娶媳妇，等着我给你红包呢。

可你，最后还是食言了啊。

出殡那天，我哭得撕心裂肺。

远在广东的表哥，打电话回来。我哭着对他说：“外婆明明说过，要等着看我娶媳妇的，怎么能说话不算数呢。”

我知道你是最心疼我的，从小到大都见不得我哭。于是送你登山的那条路上，我哭啊哭啊，我是多么希望你能再哄哄我。

外婆，你看啊，我现在都二十多岁了，写到你时还哭得像个小屁孩一样。我可以很大声地告诉你，我现在啊，工作很稳定，也很孝顺父母。就像小时候，你对我说的，要听爸爸妈妈的话，做个孝顺的乖孩子。

我听你的，我一直很乖的。

还有，等我结婚了，我一定会带着她去看你的。你放心，我还会跟她讲你和我的故事。

外婆啊，我想你了。

真的……真的……好想。

生活

渡

好友约我饭后散步，路上他说好想辞职。

初春的夜，还带着寒意。

我缩了缩脖子，打趣道：“怎么，你舍得这个铁饭碗啊？”

“我想要搏一搏。”他低着头，认真地踢着一块小石子。

我是知道他的。

二十八九的年纪，愈发觉得自己不再年轻，告别了青春，迎来了家庭，但工作上又毫无建树，经济条件实在不够好。于是迷茫又着急。他想要的东西很多，想要房子，给妻子一个安稳的小窝，想要汽车，载着自己去到梦想的地方，当然的，更想要富有生机的生活。

他这么年轻，却自认为有着改变平淡生活的能力，也觉着离开这里，离开这份静如死水的工作，会有更好的出路，野心勃勃地窥视整个世界。

“我还不知道你嘛，咱俩差不多，做事三分钟热度，还辞职，喝西北风吧。”我也寻了块小石子踢着向前。

“哪有，这份工作我做了六七年呢！”他不服气地反驳道。

“那是为了生活没得选罢了，你要是有能力走，早就走了。”

他闻言，张嘴想说些什么，喉咙动了动，最后又咽了回去。

倒也不怪我堵他的嘴。

其实我们都一样，常把“辞职”挂在嘴边，有时豪言壮语，好像下一秒就会把辞职报告狠狠地在拍在领导办公桌上，并告诉他：“世界那么大，我想去看看！”可现实却是，每天上班，老老实实地把文件整理好，一年又一年。

我更加倾向于，是本身的能力不足以撑起辞职这个行为，而不是像许多人拿着安稳的生活消磨志气当安慰的借口，理直气壮地站在围城里，肆意幻想自己走出围城之后的意气风发、仗剑天涯。

“有时候我觉得咱们就是书读多了，要是初中毕业就早点进厂，现在就只是安心地拧着螺丝，要是哪个厂的计件单价高点，还会觉得自己有一份不错的工作，而不是在这里焦虑。”彼此沉默片刻后，他语出惊人。

我蓦然想起路遥的一段话：

谁让你读了这么多书，又知道了双水村以外还有个大世界……如果从小你就在这个天地里日出而作，日落而息，那你现在就会和众乡亲抱同一理想：经过几年的辛劳，像大哥一样娶个满意的媳妇，生个胖儿子，加上你的体魄，会成为一名出色的庄稼人。不幸的是，你知道的太多了，思考的太多了，因此才有了这种不能为周围人所理解的苦恼。

所以，这个世界对于小有才华，又不能认清自己的人，是最残酷的。

因为小有才华，便接受不了碌碌无为的现实，犹如沉溺在黑夜。透过那份才华，看到了撕破昏暗的那一点点光芒，对此刻的他来说，那是夜里出现的一轮皎洁的月，所以他要努力向月亮的方向奔去，但是他忘记了他的那份才华是不足以让他够到月亮的，于是跌跌撞撞，于是遍体鳞伤，于是可望而不可即。

这是小有才华的我刚毕业的心态，总有一种怀才不遇的愤世嫉俗。我痛恨现有的生活，自己明明拥有文学天赋，为何还过得平淡，为什么也不起波澜，跟从小向往的截然不同。

从哲学的角度来说，思想的境界是无穷的，是无上限的，但自身有上下限，于是想法跟实践往往不相匹配。之所以有了些心比

天高的想法，只不过多读了一些书，依靠着书本的知识，提高了自己的思想境界。谁十八岁的理想会是做一个普通人呢?

直到与现实碰撞，与岁月交手，才发现人生是有落差的。

“以你的能力根本没必要回这个小县城，我要是有你的文学才华，肯定不考回来。”

这是记忆犹新的一句话。是工作的第二年，同事对我说的。

说者无心，听者有意。

我向来是以文字为傲的，被这么一夸，真就琢磨起这句话来。

在这小小的单位里，写材料、写新闻稿，浪费着自己的天赋。日复一日，年复一年，我好像看到了两鬓斑白，还守着打印机复印材料的自己……一想到目前没有能力去改变什么，便愈加焦虑不安了。

跟自己内耗的那年，对工作的热情几乎没了。

连同单位的一位姐姐都对我说，我的状态怎么比去年差太多了。

我只是不好意思地笑了笑，不敢应答。

直到无意间看到：“每个人的幸福和救赎其实在于你自己，你把自己修炼得越好。你对于外部世界，对于别人的需求和索取就会越少，要求就会越低。”

说实话，这样的鸡汤看过许多许多，偏偏当时对这段话有种醍醐灌顶的感觉。

我开始学着把情绪收回来，降低对身边环境、对同事朋友的情感依赖，注重自己去创造情绪价值。

就像为什么第一年那么热爱，第二年却无比讨厌。工作还是那份工作，归根结底是我对于工作的需求和索取太多了。既想要它的这份稳定，又想要它能够让我发挥我的天赋，拥有诗和远方，还想要能够财富自由的高薪……

于是我尝试去修炼自己，给自己快乐的暗示：

下班路上总哼着歌，上班时会在休息时，偶尔高歌，同事戏称我为“情歌小王子”；也看些哲学类书籍，想明白了，既然选择这份安稳，自然是要舍弃掉一些东西的。

在社会摸爬滚打的这几年，逐渐明白了安稳寻常的生活也并不糟糕。

说我被生活磨平了棱角也好，消磨掉了少年气也罢，都可以。

其实大多数人生下来注定是要平凡一生的，所以大大方方承认自己的平凡，放下读书人的那份清高，并不是什么丢脸的事。大可以在围城里平平淡淡地生活，守着自己的一亩三分地，至于在外边那片更广阔的天地上肆意驰骋的人，也不必是我。

在养家糊口的工作之余，做些喜欢的事情，发些属于自己的光。当然，也不需要太亮，能照亮自己前行的路就足够了。若是在热爱的同时，还能照亮别人，那便是极好极好的事了。

我帮不了好友。

他啊，得自渡。

我一脚将小石子踢进河里，与好友道别，走进了街边的书店。

里面灯火通明。

读书，这是我热爱的事；写作，是我能发的光。

在这里，我可以不是俗世里的尘埃，也不是行色匆匆的路人，而是属于自己的巍峨山，属于自己的汹涌海。

答案

侄女拿着一道语文阅读题来向我请教。我仔细阅读一番，就自信地引导着她，书写了答案。其间她也提出了自己的看法与答案，但我引用材料否定了她。

等写完拿出答案核对时，我愣了，因为我的理解竟然是错的。

看着修改答案的侄女，我不好意思地挠了挠后脑勺。

回家后，这件小事一直挥之不去。

最开始觉得自己在侄女面前失了面子，还是在自己引以为傲的语文上。后面思来想去，不再纠结是否失了面子，反倒是顺着“答案”这个词，越想越深。

站在成年人的角度，其实挺羡慕侄女的，因为她有一份答案。这份答案，可以在对题目无从下手时，给她一个满分的结果，也可以在被他人引导错误时，及时纠错，并告诉她正确的思考方向。而如今的我，试卷上只写有“人生与生活”。这道题目没有唯一的正确方向，更没有满分答案。

仔细想想，这一路走来也算是听到过许多“答案”：

大学志愿，当老师的亲戚教我去填定向师范生，回来当个老师，安稳一生。这是亲戚给我的答案；大学毕业，朋友叫我跟他创业，他说大丈夫生于天地间，岂能做个打工仔。这是朋友给我的答案；工作后，前辈说既然进到了“围城”里，那就好好享受生活，收起自己的心思，慢慢熬到退休吧。这是前辈给我的答案。

他们说话的语气与模样，像极了教导侄女时的自己。自认为从小语文成绩优异，如今又写过许多文章，这种题目自然手到擒来，一股脑按照自己的理解，去引导着侄女，忽略了她提出的想法。

我自信满满。

可答案告诉我，我是错的。

回忆起前些日子想辞职的那位朋友。

如果迷茫又着急的他，此刻有一份人生标准答案，我想他会毫不犹豫地把答案照抄下来，一字不落——

只是生活从来没有一份标准答案。

我以亲戚的答案为准，或许已是家长、学生爱戴的小学语文老师，为教育事业奉献青春，又或许踌躇不得志，像当年的高中老师，总带着怀才不遇的情感。以朋友的答案为准，现在或许已是财富自由的老板，也或许会是身负债务的失败者……

他们认为的人生答案，写在我这张试卷上，未必就是真正的答案。

后来侄女发信息告诉我，她在老师讲解试卷时，举手回答了那道最开始的答案。

老师说，那样去理解也是对的，答案只是参考。

那道题目，她没有照抄答案，也没有写我的答案，而是写了她自己组织的答案。

对啊，答案只是参考。

我佩服起那位老师来，竟没有拿答案作为学生的答题标准。

其实那些答案，根本就没有对与错。因为每个人对于试题的理解不同，答案自然没有衡量的标准。正如我与侄女一起做的阅读题，以及那份属于她自己的答案。

忘年交

在我实习的地方，旁边有一棵大樟树。

在那儿，我认识了一位老人，八十来岁。

老人已是满头白发，皱纹挤满了整个脸庞，走路喜欢背着双手，慢慢悠悠走着，但腰杆依旧笔直。他一把年纪了，却不似其他老人，穿着依旧整洁，偶尔还会穿衬衫，身上也没有寻常的老人那么重的味道。眼睛里没有那种阅尽尘世的暮气，反而时常能看到年轻人的那种闪烁的光。

我猜他年轻时，肯定是个极为讲究，且心态极好的帅哥。

他经常在树下乘凉，面前放着棋盘，与其他老人博弈。我也算是个象棋爱好者，所以凑热闹围观过几次，他的棋艺极高，往往都是杀得别人丢盔卸甲。赢了也没有胜者的傲气，只是轻轻把棋子摆回原位，谦虚地说上几句侥幸侥幸。

平时上下班的经常要路过樟树，他有时就坐在那里乘凉，出于对长辈的礼貌，我会主动问候他几句。一来二去，便热络起来。

于是空闲之时，就去树下与他闲聊，或者厮杀一两局。

他下棋从不悔棋，嘴角也总噙着笑，说话不急不慢的，声音也是温润慈祥。与他下棋，不用担心因思考得太久他会急躁，他会笑着耐心等，偶尔出言，简明扼要地指点几句。得益于此，我的棋艺竟也突飞猛进。

闲聊时，他从来不以老者身份自居，去说些大道理，反而常递给我一两块钱："后生，去买几包辣条来，咱爷俩唠唠。"没想到，他这样的老人竟也喜欢吃辣条。

他摇着蒲扇，说他虚度年轻岁月的荒唐，跟兄弟们走南闯北的义气，被厂里无数女生狂追的风流，还有伺候卧床母亲十多年的孝道。

每当说到此处，他眼里的光异常耀眼，充满了生机。

他说，那些兄弟都入了土，父母亲也离开了数十年，自己也好想去见见他们。每次做梦梦到，都会湿了眼眶。不过，自己与他们见面的日子，也不会太久了。

他当时是一边吃着辣条，一边笑着说的。

我哑然。

面对"死亡"这个字眼，他竟如此洒脱。

我不知道等我到了这个年纪，是否也能做到他这样，不急不躁，看淡生离死别。

实习结束的前一天傍晚，我又去找了他。

聊了很多。

他揽着我的肩："后生，我挺喜欢你的。这一别，下次你见我，可能只能看到我的黑白照了。人活一世，就像象棋一样，要落子无悔，即使是卒子也有决定胜负的作用。世界挺精彩的，重要的是你要多去领略身边的风景和人。"

这是他第一次与我讲些大道理，我似懂非懂。

他说，走之前，再陪他看看夕阳吧。

那天的树下有一老一少，一人一包辣条，静静地看着远处的夕阳，待了很久，很久。

我们的生活很匆忙，但请别错过日落和夕阳。

灌阳的“二月八”

二月初八，这座安静的桂北小县城，突然沸腾了起来。

人潮汹涌，我几乎是被推着前行，鞋也被踩掉好几回，已好几年没感受到这般热闹了。

这便是灌阳“二月八”——农具节。

农具节，就是本地农民在开春时节，购买耕田种地器具的日子。

当然，对于大人是如此，但对于小孩子而言，这个节日是一件堪比过年的盛事。灌阳有一句流传甚广的童谣：“二月八，吹喇叭，吹起喇叭嘟嘟哒。”每逢这几日，家中大人都会给小孩子买上一个喇叭。孩童们高高兴兴地吹着喇叭，找小伙伴们比赛，看谁的喇叭吹得最响。

于是，全村都洒满了热闹的喇叭声以及孩童们追逐的欢笑声，那年后刚沉寂下来的小村庄，又一次焕发出生机来。不过今日是周一，孩童们纷纷上学去了。

街上喇叭声不多，倒是小贩的吆喝声、讨价还价声以及其他各种声音，在此刻汇聚在一起，流淌成一条名为“国泰民安”的河。

摆放在街边的一件件农具，熟悉的模样让我想起父亲与母亲。它们陪着父母走过了漫长的岁月，从儿时到拥有自己的家庭，哪怕到现在，子女也已长大成人，依旧陪伴着。春种秋收，夏播冬藏，都离不开它们。不过随着社会的发展，村中种田的少了很多，大多是些长辈还在坚持，所以“二月八”慢慢地不再只是买些农具了。就像今日遇到的几位村中长辈，没买啥农具，他们说来只是凑凑热闹而已。

我还未成家，也不用耕种，自然只剩吃喝。

想吃什么，就买什么。这大概就是成年的好处吧。不再是那个“二月八”被父母攥着手拖着走的男孩，也不再是那个看着人潮，害怕走丢的少年……

看着路边的喇叭，我是很想买的，可惜脑补一番后，只得悻悻打消这个想法。毕竟在别人眼里，我已经是个高高大大的男人，要是叼一个喇叭，“嘟嘟哒”吹着，属实有点幼稚。

不过走出一段距离后，我遇到了一个三十来岁，还拿着喇叭吹得起劲的男人……

他三十多岁了还如此大胆，我怎能害怕呢？更何况没有谁说成年人就不准吹喇叭的！

我鼓起勇气买了一个喇叭，大大方方地走在人潮之中，学着那个男人，吹得起劲。

心雀跃了起来。我隔着岁月长河，跟那个满村吹喇叭的小男孩来了一首合奏。

今日的“二月八”，体验了作为大人身份参与其中的感觉，挺不错的。

只是看着一家几口一同赶集的场景，也会想到再过些年，我的手里也会牵着一只小小的手，攥得很紧，生怕他走丢。

我一定会每年为他买上一个喇叭，就像我的父亲一样。

赴一场与自己的约

我翻到一条十年前发的动态。那久远的时间，让我关于发这条动态时的记忆和心情已然忘却，只是那一个个稚嫩的文字在告诉我，原来自己还有一场未赴的约，一场自己在十年前就定好的约。

十年前的那个小男生在编辑这条动态时，肯定是希望现在的自己能够去赴约的吧。

这一场穿越时空的约，我自是不愿爽约。

冬日里小县城的街上，人不多也不少，都戴着口罩，只留着眼睛在外面，时不时打量着来往行人，凭空多了几分生人莫近的冷漠。

我走进奶茶店，点了一杯烤奶。店里就一位店员在忙碌，我只好耐着性子等。店里的沙发是还有空位的，可惜都是女生，向来脸皮薄的我，自然是不敢挨着坐，只好靠在墙上，百无聊赖地玩着手机。今日的朋友圈里难得的平静，分享生活的动态屈指可数。店里的顾客，大多数也是低头玩手机用以打发无聊的等待时间。

捧着温热的烤奶走出店门口，离开了空调的庇护，寒风扑面而来，我打了个哆嗦，紧了紧衣服，循着初高中时代习惯的逛街路线，慢慢悠悠地走着。

熙城步行街还是原来的样子，里面的店铺一如既往地不温不火。偶尔也好奇，在客流量如此少的县城，它们是如何生存的。或许，它们早已倒闭了一批又一批，只是我平时没在意罢了；又或许，是因为他们的目标人群不是我这类人而已。

不过，那曾经被无数少年追捧着的网吧的招牌，早已在风吹雨淋中斑驳不堪。

每当周末放假，那冲出校门的第一批人，必然是去网吧抢位置的，跑得慢的向跑得快的同学叫道："帅哥，帮我占一台。"只是在招牌下的混杂着烟味、叫喊声的屋子里，有多少风华正茂的少年荒废了青春，耽误了学业。

到步行街里的炸串店，点上一份两块钱的米粉，再来几根串串，倒也算得上自在。其实无论高中，还是大学，每当与好友们寒暑假相聚，常来的便是这家。不仅仅是因为便宜，更因为承载了太多的青春回忆。可惜当初那些意气风发、向往着诗与远方的少年们，散落在天涯各地，几年未再坐下来，聊聊当年的女孩和那不切实际的梦。

大市场街边的两元店，还开着，依旧人满为患。

当年它开业的场景还历历在目，如今却成了一家十年老店。只是店名，从"两元店"改成了"两元至多元店"。我去时，店里有几位高中生时不时拿起某样货物，细声讨论着，淘到心仪物品时，那股子喜悦之情，即使隔着口罩也能够感受到。当年我与好友也是趁着周末，在这家店里，挑选着自认为有价值的东西，若是觉得捡个漏，就会开心许久。

我看着他们青涩又似曾相识的模样，一阵恍惚：“年年岁岁花相似，岁岁年年人不同。”

又路过那一家甜品店，隔着玻璃，看到橱窗里摆满了造型好看的甜品，在恰到好处的灯光映衬下，愈加显得精致。在学生时代，我与好友可是要将那少得可怜的零花钱精打细算上许久，才敢鼓起勇气迈进这扇大门，然后为自己心仪的女生，挑上一份精致的甜品，在星期天的傍晚，悄悄塞进她的桌子里，给她一份来自少年真挚而又小心翼翼的关心。

而如今早已用不着精打细算，只是此刻的身边没了“并肩作战”的少年，也没了可以送甜品的女生。

本不喜欢吃甜品的我，还是走进了店里，随意挑选着，也不在意是否好吃，只什么好看便买什么。直到在一款熟悉的甜品面前，愣神了一会儿。

那是当年那位女生最喜欢吃的，而这个信息是花了几根烤肠的昂贵代价，好不容易才从她的闺密嘴里撬出来的。那周返校上课时，我的余光看到她打开课桌时的那一抹惊喜，以及嘴角扬起的笑意，我也笑了。

只是橱窗上那沧桑了些许的脸庞，将我拉回了现实。

我原以为自己会为潇洒买下当年买不起的东西而开心，却又在心底真真切切地感到了一丝莫名的失落和难过。

说不清，也道不明。

十年前一场心血来潮的个人动态，赴了一场属于自己的约。我算是逆着时光，完成了与自己的约定。意气风发的少年啊，他还在，他就在不远处。

他就站在我十八岁的记忆里，朝我挥手。

他不会老去。

他，依旧熠熠生辉。

于是我的朋友圈又多了一条动态："十年后的我，请答应我，再走一遍来时的路。"

选择

与同事驾车去吃夜宵，一路谈天说地，好不热闹。

“我也不知道，怎么就选择了如今的生活。”

一个不合时宜的声音响起，车内旋即陷入了沉默。

“我大学的理想是做一名摄影师，走遍山川湖泊，用镜头记录人间四季。那时的自己也没想到最后的结局，是被困于这座小县城。”沉默了十几秒，坐在我身边的同事，看着窗外说道。

他的侧脸被路边的灯光拉扯、变幻着，忽明忽暗，增添了几分落寞。

我们每次开会，负责拍照存档的就是他。大家都觉得每次拍那么普通的会议，他却总能拍出大片的感觉。殊不知，他的镜头里，也曾装过大好山河、风花雪月和那云卷云舒。

“我啊，也说过好几次，毕业是想做销售来着。那时自认为，还是有几分胆量和能力的，就想闯出点名堂，买车买房扎根在大城市的。”另一同事接过话题，笑道，“可惜家里觉得我没出息，读完大学却跑去卖东西，一天好几个电话，加上点其他原因，就回来了。”

这位同事，我与他打交道许久。他的确是有能力的，无论胆量、眼光，还是对事情的见解，都让人佩服。

自工作以来，他教会我很多东西。我们顺着话题起哄，让他辞职外出，从头来过。他摆了摆手，忙说：“搞不得咯，早就没那份勇气了，何况上有老下有小。”

作为几人当中年纪最小的我，就在一旁安静地听着他们的过往，和属于那时的憧憬。大家的青春，虽然经历各不相同，但大抵都是一样的灿烂与热烈。

从少年时的心比天高，到如今的认清事实。其实说白了，只是取与舍罢了，选择了什么，也要失去些什么的。

就如现在的我们。选择安稳的、一眼看到头的生活，那是要失去自由作为代价；选择理想的、自由的诗与远方，那自然是要失去安稳。

……

世间两全其美的选择，是不存在的。如果能够完美，那它就不会成为选择，也就不会存在选项。

我大学时，最大的理想是从事文学工作，为此也一直坚持着文学的创作。在临近毕业时，平日里经常投稿的一家杂志社，约我前去实习，心动了。只是看着地图上，那与我隔了几个省的地址，却又犹豫了。在那里，我举目无亲，将要孤军奋战，我将离我的父母更远的距离。

最后，我选择回到了这座举目皆熟人的小县城。

有人选择在钢筋丛林中，找寻方向，阅尽人间冷暖，愈加强大；也有人选择家人常伴，奔走在小县城，于炊烟袅袅中寻求人生真意……

取与舍。你觉得，你的选择题，做对了吗？

车，依旧往前开着，景物快速地往后倒退着。犹如一叶扁舟，转眼间，已行过了万重山。

酒

“来！斟满这一杯！”

同事拿起酒瓶，站起身，面对着我。

霎时间，心头闪过推辞的语句，而下一秒，却端起酒杯，起身笑道：“说好，就这一杯了啊。”这一句话，自工作以来，我已说了很多次。

回想以前读书时，无论高中也好，大学也罢，我都是滴酒不沾的。大学期间，整个宿舍经常出去吃夜宵。他们猜码，喝酒，唯独我一人喝的饮料。面对他们，我都能说出拒绝，而他们也从来不介意我不喝酒这件事。每次吃夜宵，或者跟其他宿舍联谊，也还是会叫上我。只是看着他们行令猜拳、不亦乐乎的样子，一旁无事的我，偶尔也会百无聊赖。心中不免想，酒真的有这么好喝吗？

大学毕业，回去拿毕业证。宿舍吃散伙饭，我主动倒了一圈酒，与他们碰了一杯。

一饮而尽。

白酒入喉，辛辣无比，呛得一阵咳嗽。旁边的舍友见状，体贴地拍了拍我的背。

“你啊，以后可很难遇到我们这种随你喝不喝的朋友啦！”

工作以后，我还是不习惯喝酒。幸运的是，遇到的同事，也很照顾自己。周末聚餐，我随便喝与不喝。只不过，偶尔与他人业务往来时，一桌只有自己推辞，倒也不好意思。

于是，我开始尝试喝。

喝酒这个事，倒是真不能开头。

以往聚餐，同事会贴心地问我，要什么饮料。

如今，同事会自觉帮我摆上酒杯，直接倒满。

喝不了酒这个理由，已然不成立。

慢慢地，一杯，两杯，三杯……

喝酒啊，的确有趣。

酒过三巡，酒桌上的几人，便开始高谈阔论，往往会谈平日里不会谈的趣事，从天文讲到地理，从飞鸟谈

到走兽。指点江山，纵论天下，粪土当年万户侯。

平日里，一位见面只打招呼，长相斯斯文文的同事，酒量极好，酒桌上也极有分寸。每次看我眼神有着几分迷离，便不会再斟酒，还会出言帮我挡酒，我也慢慢喜欢上与他共饮。与他的友谊，自从饮酒以后，变得深厚起来。

这或许，就是他的饮酒之道，为人之道。

饮酒能拉近人与人之间的距离，也能看出个人的品性。有些人，几杯下肚，便开始飘飘然，胡言乱语，惹得一桌人嫌弃；有些人，反倒是几杯之后，变得有趣。

醉后的行为，也是如此。其中撒泼打滚、借醉发挥之人，工作以来，也见了好些。

而那些酒品不好之人，便极少再被邀约。毕竟，谁想自己的好心情被扰乱呢？

贪杯易误事。有多少人，因为贪酒错失机会；又有多少人，酒后失言得罪朋友？

酒的好与坏，谁又说得清呢？喝酒的人啊，心里还是得有一杆秤。

看着倒酒的同事，我不禁打趣：

“有酒有酒，闲饮东窗。

与谁同坐，明月，清风，你。

斟满！饮！”

人心

匆匆赶路的我，被一瘦弱男人挡住去路。只见他拿出一登记本，指了指耳朵和嘴巴："阿巴阿巴。"我见状，嘴角扬起一抹笑。想起了一些事情，于是定睛看向登记本，行头果然印着几个大字："聋哑人爱心捐献册。"

兜里躺着几张纸币，我打手势表明没有现金。男人掏出一个二维码，指了指登记册，示意可以将我的名字写上去。我没理会，径直离开。走了几步回头，他正用一种略带怨恨的眼神目送着我。

心里倒是无所谓，脚步匆匆，往前方行去。

如此一来，倒显得无情了些。可还记得，自己也曾是个很善良的人。

在村小上学时，常去伯父家玩耍。有个乞丐，隔三岔五会来伯父家乞讨，而伯父也都会给他盛上一碗饭，抑或一碗油茶。而因此事，伯母与伯父争吵了许多次。伯母说乞丐身材高大，有手有脚，有什么好施舍的，就因为有伯父这样的人惯着他。伯父答："一碗茶一碗饭而已。”年幼的我，觉得伯母很是无情，伯父无比善良。

年龄再大些，我也成了伯父那般的人。每当乞丐来乞讨，会给他舀上几碗白米。在街上看见乞讨的人，会从零花钱中找出五毛一块，递给他们。

我想着尽自己的微薄之力，去缓解他们生存的危机。

因为刻在我们民族骨子里的，就有“善良”二字。无论男女老少，看到比自己悲惨的人，总是会想着施以援手，多么淳朴善良。可惜的是，太多的人利用着这份善良大做文章，欺瞒着芸芸众生。消耗我们心底的善，去满足自己的一己私欲。

高二，姐姐带我在市区逛街时，冷眼看着我对两位拦路乞讨的老人奉献完了爱心，缓缓说道：“他们是夫妻，有栋房子出租，所以，你的爱心意义在哪儿呢？”

那是我第一次，对多年来坚持的行为产生怀疑。依旧是高二那年。我遇到了如开头一般的事，听着他“阿巴阿巴”，不禁心头一软，掏出了两块钱。他指了指两块旁边的十元纸币，见我犹豫，竟直接伸手拿过了那张纸币。我登时变得手足无措，心狂跳起来，“咚咚咚”。

耳膜被震得生疼。

因为那是用来买文具的钱。

而他很好心地递来爱心登记册，让我写了名字。随后，他咧着嘴离开，又拦住了其他同校同学。自此，我再未爱心泛滥。

当然，利用大众的善意去博同情也好，其他事件也罢。如这般的事件，作为尘世一蜉蝣的我，自然是改变不了什么。

只是在惧怕一些事情。

惧怕我们终有一天，变得淡漠；惧怕失了那份善；惧怕对真正需要帮助的人，失了信任。

“人倒了，可以扶起来；心倒了，便再也扶不起来了。”

第一次相亲

前几日，抵不住几位长辈对于牵线搭桥的执着和热情，本人体验到了人生的第一次相亲。

事情起因是几位长辈，听闻作为新时代优秀青年的我依旧单身，瞬间来了兴趣。无论在哪个地区，有一定年纪的长辈，必定是热衷于说媒这件事的。毕竟将优秀的男女青年撮合在一起，成家立业，结婚生子。光是想想，就是善事一桩。

起先她们说若有合适的女孩子，会帮我留意时，我是没放在心上的，以为口头承诺罢了

所以，当她们叫我中午喝油茶，并说有个女生也会到场时，我愣了。这架势，是来真的啊。

作为一个腼腆且脸皮薄的男生，我自然是不好意思去的，结果她们直接开启信息轰炸。

没办法。古有关羽单刀赴会，今有“养只柴犬”只身相亲。

虽说不太情愿，但毕竟是我第一次相亲，加上对于那位素未谋面的女生及几位长辈的尊重，还是打扮了一下。我洗了个头，精心挑选了一套穿搭，又塞了双增高鞋垫，对着落地镜照了照。

在视觉效果上，一米八应该是有了。

在此之前，觉得相亲就是不认识的两人吃个饭，跟读书时在朋友的饭局认识新的朋友一样，简单而又自然。

可在见到女生的第一眼，竟然不自觉地在心里开始衡量起标准来。

皮肤，样貌，身高，眼睛，声音……这是我第一次有这样的心态。

我向来是不在乎胖瘦、高矮、美丑的。今日倒是不一样了。

现在回想，大概率是因为在此之前，长辈已经说清这是一场相亲。按照剧情，如果双方聊得来，大概率会是陪伴自己后半辈子的人，所以，在第一眼时，我会下意识以自己的择偶标准去打量对方。如果说做朋友是没有标准的，爱人，则是有的。

我想，那位女生也同样如此。

后面的过程，着实让人尴尬，只是因为我第一次相亲吧，看得出来那位女生也是。两个人在长辈的好言提示下，联系方式倒是添加了，不过回家后谁也没主动发信息。

唯一信息是通过好友申请的系统提示。

这种情况大概率就是彼此觉得不合适，通俗一点就是没看上。

对于我而言，其实相亲在最开始，便失去了让我心动的东西——顺其自然。最开始的相识，到普通朋友，到无话不谈。只是在某天的某个瞬间，突然发现自己已经喜欢上对方。

那一瞬间的悸动，那一瞬间的醍醐灌顶，是刻意为之比不上的。

那个女生很好，但我不喜欢；

她可能也觉得我很好，但她不喜欢。

长辈让我主动一些，说了解了解。别错过，也许就成了呢。

是啊，也许呢。

可我是一个随意的人。依旧稚气的心里，还装着清风明月，杨柳依依。生活常没有计划，说做就做，说走就走。无论自己羸弱的肩头，还是小孩子气的心，都承担不起一份名为家庭的责任。

又或者心里还存在一些想法：遇到一个自己喜欢且合适的。

所以这样的我，没做好准备的我，还是再等等吧。

等清风，等春来，等温柔长满枝头。

我会等到的，你也是。

落差

县城与外面相比，谁好，谁又不好？

“小学时你是我们当中最有出息的那个，现在怎么回县城工作了？”街上偶遇的小学同学，曾这样对我说。

我想为自己的选择辩解几句，但看到他嘴角那微微扬起的弧度，没有再说话。

是啊，我怎么回这个小小县城工作了？

我小学成绩傲然于整个年级。一方面是在乡镇读书，没有碰到什么厉害的人；另一方面，自己也算有点天赋和努力。

虽然父母皆是农民，但家教也算不差，从小父慈母爱，养成了温润待人的性格。

因此，我没有因自己成绩

好，就看不起那些成绩差的同学，也常与他们玩耍。

大抵是因为老师、家长总是拿我当榜样，说我将来是极有出息的，让他们向我学习。

那时我便在想，总归是会被人记恨的。

当他们看到家长、老师口中极有出息的我，还是回到了小县城工作，说出这番话，我倒是不意外。

人嘛，就是在长大的过程中，逐渐接受自己的平庸。

所谓有出息的光环，只不过因成绩好，别人赋予我的而已。我从不暗自高兴，因为我儿时的梦想只是长大开个小卖部罢了。

我傲吗？我不认为。

所以，后来初高中不如小学般的一骑绝尘时，我心态并没有多大的变化。

我选择回到县城工作，大概是家乡情怀，以及家中那总挂着笑容，叮嘱着我用功读书的父母。外面的世界无比广大，自然是容得下我这一蜉蝣的，可总归还是在这一方县城里，心才会安。我从来没想过会出人头地，也没人规定一定要在外面工作，所以，回来有何不可呢。

如今当自己工作想家时，开车半个小时，便可以吃上那碗心心念念的热饭，见到让自己心安的人。

我一如儿时般笑着待人，与同事们关系融洽。

下班之余，几人偶尔去小县城的江边吹吹凉风，拿着几瓶啤酒，举杯邀明月；一起去刮刮乐买彩票，做一做那不切实际的发财梦；一起去买菜，挤在小小的宿舍做饭；三五成群去大山深处烧烤，在山涧里游上一游……

我是在这小小的县城工作，但心依旧是欢喜的。

那位小学同学留在外面大世界的医院里，做一名护士救死扶伤，而我回到这一方小小的县城，陪伴那早已鬓角挂霜的父母，吃着依旧是儿时味道的饭菜。有人向往去大城市拼搏出成就荣归故里，有人想要在家人的饭菜烟火味中探寻真意。

我们啊，都会有光明的未来。

幸与不幸

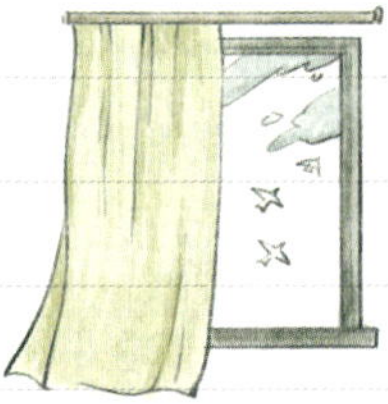

近些年，在工作开展之中，我接触过一些残疾儿童。无论先天原因，还是后天，都有。

天下的幸福大多雷同，但是不幸有千差万别。

在他们之中，有看见人只会傻笑的，也有甚至对父母毫无反应的；有身体残疾躺在床上的，也有双目失明的……我向来是能说会道的，但每次入户这样的家庭，却总是欲言又止，不知说些什么话。一如此刻，想为他们写些什么，却又不知从何写起。

单是回忆那一个个场景，就心酸得紧，更别提是他们正亲身经历着的。我是个无神论者，可面对他们时，却无比希望自己有超能力，随手一挥，他们就能如寻常孩童般，绕在父母膝下，尽情地撒欢打闹。

人生本应该是体验的，他们却只能是一个“熬”字。而相比起那些有智力障碍的孩童，身体残疾的孩童更是难熬。他们智商是正常的，眼神也是如常人般清醒。

其中有躺在床上，努力挤出一抹笑容，问好后便不再出声的男孩。直愣愣地望着窗外发呆，偶尔有鸟儿从窗外飞过，也没有反应。他也曾向往着窗外的自由，像那些鸟儿一样，飞翔在蓝天之下。只因四肢动不了，只能困在这张小小的床上……一辈子。

而那说话和听觉都没问题，长相秀气的孩童，却因双眼失明，看不到这明媚的世界。感受不到春天那草长莺飞的浪漫，夏天那映日荷花的热烈，秋天那银杏纷飞的萧瑟，冬天那银装素裹的洁净……

许多事熬过去了，也就过去了，可也有很多事，是熬不完的。

幸运的是，他们各自的父母也都在悉心照料着。无论是只会嘿嘿傻笑的孩子，还是窗前那位努力挤出笑容的男孩，父母的爱，并未因这来自命运的玩弄而少上半分。

聊天时，母亲为她温柔地扎着辫子，眼神里虽然有着无奈，更多的却是宠溺。傻笑且好动的她，此刻却安安静静地坐在母亲身旁。她偷偷瞥一眼母亲，再看一下我们，露出一抹不好意思的笑容。那位躺在床上的男孩，父母每日劳作回家，哪怕疲惫不堪，也会替他全身按摩放松。即使没有任何效果，他们依旧在坚持。

这样的家庭，为了医治，欠下了许多债务，但他们还希冀着医疗技术的发展，会有治好自己小孩的一天。

“能好几分是几分，他这一生也好过些。”原来在父母的眼中，并不在乎儿辈是否能够出人头地，最大的愿望只是平平安安、健健康康地长大。

如今我们，虽然平凡，但是能够自由行走在这尘世，去感受这世界的五彩斑斓，已是最大的幸运。

一碗鸡蛋面

近几日，因工作与同事加班。每每独自加班，晚餐不吃，也不稀奇。可这次，同事妻子送来的一碗鸡蛋挂面，差点让我泪洒当场。

我算得上是个善于自我消化负面情绪的人，极少与朋友说起自己不开心的事。

于是，很多朋友说我活得没心没肺，似乎没有什么事能激起我的伤感，抑或者愤怒。对于我而言，遇到难过的事情，自己戴着耳机听着歌，趁着夜色，一个人走上一圈又一圈，等走到精疲力竭，回家洗上一个热水澡，就可自愈得七七八八。若是难过委屈的程度再高些，我就会打开电脑，写下一段比较“随心所欲”的文字，伴随着键盘噼里啪啦的敲击声，情绪似乎也便宣泄而出。

我并不是没心没肺，只是有自己发泄的方式，而他们不懂罢了，所以每当听到这种评价，我都微微一笑，不置可否。

这种状态，不知道是何时开始，只是随着工作时间的增长，愈加强烈起来。似乎自己早已习惯独自一人去对抗生活这只大怪兽。

故此，毕业工作的这些年，便再没有女生能真正走进我心里。

我认为自己有着一颗坚强而又独立的心，迈着轻快的步子游走在生活里，歌颂着无爱者自由，却没想到，会被这么一碗简单的鸡蛋挂面，轻易地撕开了那所谓的独立外表，击溃了那颗向往自由、不愿被其他人束缚的心。

因为突发事件，我与同事几人加班到八九点，早已是饥肠辘辘。我摸着干瘪的肚子，恨自己怎么在乡镇工作，连个外卖都点不了。至于零食充饥？全是男人的办公室，怎么可能会有零食这种东西的存在。

我们几人一边骂骂咧咧，一边给自己画着饼：晚点结束，一定要好好地去烧烤店吃一顿，再来几瓶冰镇啤酒，企图以此转移注意力。

其中一名同事一直默不作声，我觉得他可能已经饿傻了，心里暗自想道：这算不算工伤？

就在这时，一阵急匆匆的脚步声，从走廊由远及近传来。

我抬头一看，出现在门口的，是那位默不作声的同事的妻子，手里端着一个电饭锅。

她将端着的电饭锅，放在办公桌上打开——鸡蛋挂面。

那一瞬间，春暖花开、阳光明媚、春风十里……我想，用世间最美好的词语去形容此时此刻都不为过。

什么烧烤，什么一口神清气爽的冰镇啤酒，在这锅面出现的那一刻，都见鬼去了。我们争先恐后夹着锅里的面，却见同事妻子从包里拿出一件外套，轻轻为同事披上。

我愣了一下，停住筷子，瞥了一眼自己身上的外套。

这几日昼夜温差大，自己早有先见之明，加班就带上了外套，而同事只是穿了件短袖。当时我还在笑话他穿这么少，到时候别看着我的外套羡慕。

他也只是笑笑，没有多说话。

我回过神，看着碗中还冒着热气的面，以及那色泽金黄的煎蛋，突然明白同事为何如此有底气了。

因为他有个爱他的人儿！

那一刻，异样的情绪从心底涌了上来：为什么自己习惯了挨饿，为什么会习惯带上外套，甚至晴天出门，也习惯带伞。因为我吃不习惯，饿了也没人送饭；冷了也只能受冻；下雨了也只能独自等到雨停。

我说无爱可百毒不侵，炫耀不被恋爱与婚姻束缚的自由，却当有人被爱时，眼神还是不受控制地看向他们。就像一次私下聚餐时，另一要好同事因为工作压力而崩溃大哭。正当我们手足无措时，他的妻子站起身来，将他揽入怀中，她在他的耳边，轻声呢喃着安慰的话语，轻轻抚着，温柔地为他理着凌乱的头发。

他神奇般地平静了下来。

或许，这便是爱人。

那颗沉寂的心，又跳动了起来。

这般想想，两个人在一起的生活，貌似挺不错的，互相分享喜怒哀乐，互相扶持。当然两个人肯定会有鸡飞狗跳的时候，就像同事他们，也因为柴米油盐争吵过，但始终都有一颗为对方考虑的心。

也许如今的我，也该卸下自己的心防，多展露些情绪，不再那么固执地去靠自己消化情绪。

我想在雨中为一个人送伞，在深夜煮面，在周末牵手逛街，在柴米油盐中共度余生。

所以，就让我做一阵风吧，有面对生活这只大怪兽时的无所畏惧，也有面对她时的那份温柔。

雨夜

开车行驶在雨夜，一大货车迎面而来，开着远光灯，像突然出现的太阳，刺得人睁不开眼。

我急忙打双闪，可它似乎依仗着高度优势，无动于衷。我看不清前路，只好选择靠边停车。

就在停稳的一瞬间，我趴在方向盘上失声痛哭起来，倒不是因为这辆开着远光灯的货车，它只能算作一个引子。我情绪崩塌的原因，更多的是近段时间，来自身边各种事物的积累。

“成年人的崩溃，往往在一瞬间。”此刻我是真真切切地体会到了。

我儿时爱哭，初中爱哭，再往后一点就很少再哭了。儿时是哭得心安理得，大声哭喊着，恨不得哭得尽人皆知，因为这样会引来母亲的安慰；如今长大了，就很少再哭了，不仅仅是怕别人看到了自己脆弱的模样，更因为离开了父母后，见识到了冷暖，发现情绪的消化还是得靠自己。

曾为父母的斥责、考试的不如意、友情的破裂诸如此类的事哭过，也为爱情的酸楚流过泪。在亲人、好友、老师、情人面前，从不吝啬自己的泪水，也不隐藏自己的情绪。

初中的数学课，我还会因不会做一道题，在老师面前号啕大哭，估计连老师都没想到，男生竟会如此脆弱，手忙脚乱地安慰我；住校时，我跟母亲打电话，若是述说起学习生活里的委屈，也是会在其他同学惊异的眼神中，大颗大颗地流起泪水来。诸如此类的事情，回忆起来还真是多得很。

与其说那个时候情绪脆弱，倒不如说活得坦荡。

情绪如何，就是如何。

无论我也好，还是你们，仔细想想：长大后，越来越会隐藏起自己的情绪来。想来，这便是成年人的必修课之一。有多少人，平日里在他人面前笑得灿烂，只是生活中偶然的一件小事，就又潸然泪下；又有多少人，深夜里随机播放的某首歌曲，让那个自己蜷缩在被窝里，默默抽泣……

一件小事、一首歌曲，都不足以轻易落泪，让我们落泪的是那生活中的点点滴滴。

我们是习惯了，习惯了把情绪藏在心里。因为知道，成年以后就没有真正的感同身受。大家为了生活都很忙，谁又愿意停下来看你流着泪，述说平日里的委屈呢？

最大的鼓励也不过是拍拍你的肩膀，宽慰一句："没事的，会过去的。"

学生时代。哭，会有老师安慰，会有家长疼，会有同桌好友来逗你开心。

如今你哭，他们只觉得你在这个年纪还如此脆弱，一点小事就情绪崩塌。

徒增笑料罢了。

当然同理，我们也很难做到去理解他人。

"世上没有真正的感同身受。"他们没有穿上你的鞋子，走一遍你来时的路，怎么能明白此刻的你？

于是各自藏好自己的负面情绪，是最好的选择。

对于哭，我一直觉得它是成本最低、效果最佳的发泄方式。大哭一场，人会好受许多。如果最近的你，像我一般有着太多的情绪，不妨哭一场吧，趁着当下没人，趁着夜色浓郁。明日醒来，我们还是那个我们，恍如重生，又有了一身正气，行走在这嘈杂的人间。

货车呼啸而过，雨夜又回归寂静，只剩汽车引擎的轰鸣和雨刷轻轻扫过的声音。

我抽出几张纸巾将泪抹去，重新往前驶去，副驾驶位置上的材料依旧静静躺着。

又是一辆大货车开着远光灯，迎面而来。

还未等我打双闪，它已切换为近光灯。

夜依旧静，雨还在下，谁也不知道有人停车哭过。

配与不配

两三年前，有人对朋友说：“只要你别跟×××在一起就行。”

×××是我的名字。

这件事让刚毕业的我，真切感受到了现实。

跟那位朋友还常有联系。前几日跟她打电话，聊到了此事。因为有极少删聊天记录的习惯，顺着话题，又回看了当年的经过。

当时的两人因为这件事，互相聊过彼此的恋爱观和婚姻观。

而在看完那一段记录以后，两人一阵感慨，经过了这些年，我们还保持着当年的观念。

其实她的那些朋友说得也没错。

因为刚毕业的我，刚有一份稳定工作，没有积蓄；出身农村，家境贫寒；性格大大咧咧，每天都快乐得像个幼稚的小孩子。这样的我，身上似乎不存在任何价值，与我谈恋爱的话，好像只能是耗费青春。

理解婚姻不是儿戏，需要门当户对。只是她们拿着工作好几年的眼光，去看待一个刚毕业的男生，并对朋友刻意强调这件事，让我觉得略有不妥罢了。

她们忽略了我与朋友只是兴趣相投，才成了好友。在我看来，她们希冀着我有相应的价值，去匹配我的朋友，拿着朋友配偶的标准去考核我。显然，我没达标，于是就觉得我“配”不上她。其实要求一个中规中矩念完书的普通男生，刚出社会就拥有能够结婚的物质条件，是不公平的。

试想，我若是家境优渥，在她们看来，即使刚毕业没有积蓄，性格大大咧咧，倒也无关紧要。她们不会了解那个藏在性格之下热烈的灵魂，也不愿了解那颗追求上进的心，只看到了这位男生目前“毫无价值”。

当然，我从不奢求其他人要毫无条件地觉得我是“潜力股”，因为这些年，只有父母才会对我如此信任。幸好自己并未停止那前进的步伐：工作有了，那便往更好的方向努力；大学的散漫，如今用业余时间去弥补过错；学着如何在社会上为人处世……

迈着坚定的步子，去爱自己所爱：会偶尔在路过花店时，给同事们带上几枝小花，点缀枯燥的办公生活；听闻朋友因工作而烦躁时，买上电影票，开车说走就走；也会因为一时兴起，拉着好友去买彩票，做不切实际的发财梦；又或者下班后，几人举杯邀明月，大醉一场……浪漫的灵魂从不向平淡的生活妥协。

连朋友都说，如今的我已是非常适合结婚的人，有趣、上进、踏实。

虽然我目前还没有成为那个“非常有价值”的人，虽然家境还是一般，但我相信自己脚下那从未停下的步伐。

如果你也像我一般，有人说过类似的话，或者正因自己热爱的人或者一些事情，被人误解、冷嘲热讽而难过。

我说不出让你不要在意旁人看法的话。毕竟我对于你而言，是旁观者，你自己才是当局者。这人生一路，流言蜚语很多，我们会因此迷茫，会因此彷徨，会因此心情低沉，但请别停下前进的脚步。

请你不要气馁，不要急着否定自己，自己要在平淡的生活里努力些，努力去发光，努力变得优秀。

“追风赶月莫停留。”

熬过这段日子，终会遇见温柔。

大胆地走吧！

那些忍受过的流言蜚语，会被甩在身后。

而我们前面的路——春暖花开。

我们就让时光再飞一会儿吧，即使他们曾说过你“不配”。

碎碎念

谈学习

近些日子，与一位当乡镇老师的朋友相约吃饭，聊了些她日常教学的事情。每谈及班上那些不懂事的学生时，她的眉间都会闪过几分担忧。

她告诉我，自己挫败又难过。

因为她与我都是农村出身，靠着父母在那一亩三分地里吃了无数苦头的支持、自己熬了十多年酷暑寒冬的坚持，才一步一步走到了现在。虽然如今的人生算不上璀璨，也算不得出人头地，但至少有了一份稳定的工作，不再让父母操心。

所以，当她怀揣着一份热忱回到乡镇教书，看到与自己一样的孩子们时，自然更加希望

他们能走出大山。她站上讲台，看到更多的是些浑浑噩噩混日子的学生，上课不愿听，课后打着不会的借口欠交着作业。男生也好女生也罢，她开始担忧等初中毕业以后，这些孩子该何去何从。

她猛地想起了当年自己老师讲过的道理。于是她学着老师曾经的样子，想把这一个个道理传授给自己的学生时，才发现他们根本叫不醒，也听不进劝告。即使她那些朴实无华的人生道理，是自己这些年来一步步走来的亲身经历。

有人说这是教育的滞后性。学过的课文和听到的道理，当下是领悟不了的，需要等到几年甚至十几年后，在经历过一些事情后，才会幡然醒悟。原来在多年前已经有人告诉过自己，只是你没听懂罢了。只有当你懂的那一刻，老师的教育，时隔多年才真正形成了闭环。

说得通俗易懂一点，便是人教人教不会，事教人一次会。

从学前班到大学毕业，我也读了十多年的书。这一路上，有人追风赶月，有人停滞不前，有人悬梁刺股，有人从上课睡到放学……闲下来时，我也会思考关于教育这方面的事情，闭上眼，尝试将求学到现在所有还记得的场景，按照时间顺序排列，剪辑成一部电影，然后在脑海里放映。当看到电影结尾时，我心里浮现了一句话：学习的回报周期太长了。

一如小学七岁，老师告诉我，学习才能改变人生；

初中十二岁，老师告诉我，学习才能实现理想；

高中十六岁，老师告诉我，学习才能拥有未来。

如今站在二十多岁的年纪回首，明白老师说的都是对的，不掺半分假，我的的确确靠着读书摆脱了很多自己不喜欢的人生，走出了那一座困了父辈们一辈子的大山。只是当年的那份认真与刻苦，要等到二十多岁才看到回报，又有多少人能够在学生时代，就看到未来那改变了人生的自己？

于是老师的话语就很像是在跟学生画大饼，正如现在有人跟已经工作的你说，只要你努力工作，以后一定能住豪宅、开豪车一般。

当然，工作与学习并不能混为一谈，只是举个通俗的例子。

刚开始时，这种激励性的言语的确能够使得人打了鸡血似的，奋发图强一阵子，但等热情退去呢，重复性的言语便让很多人麻木了起来，似乎学习是件没有尽头的事情。

像日常学习中，去背一篇古诗文，写一篇好的作文，每日背十个单词，并不能得到改变人生的回报，所以很多学生不愿意去背晦涩难懂的文言文，但如果把学习回报的周期缩短，例如，背一篇马上有奖励，我相信他们会非常乐意。因为即时的回报会让人变得更加有动力，这也是为什么很多家长喜欢拿物质的奖励去激励孩子取得一些成绩。

但是你想啊，万千学子当中，总有一部分的人不需要即时的奖励，也是愿意去背的。

这样讲来，似乎将读书学习功利化了。

其实，对于跟我们一样的农村孩子来讲，改变人生的道路千万条，但读书的确是其中最好走的那一条了。我作为学习的受益者，自然明白它的好，不仅仅是人生的方向，包括自己热爱的写作，也是在日复一日的学习生涯中慢慢找到的。

朋友还提到了，近些年乡镇学校的学习风气，比我们当年差了很多。她组织学生写了面心愿墙，想以此激励学生为理想而学习，在潜移默化中去改变一些东西。我们当年的老师也喜欢弄这个，小学好多人写的是科学家、发明家，初中我写的是作家，而高中三年的心愿墙上，我写的都是一所大学的名字，以及想要成为作家的理想。其他同学也都是认真地把内心那抹理想之光，高高地公之于众，真诚而热烈。

朋友告诉我，她组织的那面心愿墙上，如我们当年一样单纯的梦想寥寥可数，网红、游戏职业选手、明星充斥其中。在这个娱乐至死的年代，这个手机泛滥、信息爆炸的年代，青春懵懂的他们接收了太多不属于这个年纪的信息，甄别不了好的与不好的，他们照单全收。刺激快感的游戏、短视频，让他们沉溺其中，只想着等离开学校，没了家长和老师的约束，自己就能大展拳脚，一夜暴富，哪里还肯静下心来学习。

让时间继续往前走吧，有些事情，等他们长大自然也就明白了。

虽然等到那时，再怎么痛心悔过，也无力改变。

毕竟这样的人生，是自己选择的，哪怕是在年少无知的年纪选择的，岁月可不会因此而让他们不用承担后果。

当然，我也承认任何一种人生都是一生，没有本质上的好坏之分。人各有命，人各有志。曾在我生命中扮演过“差生”的那些同学，在离开学校以后的人生未必就没有我幸福，读完书的我也未必过得比别人好。

每个人有着各自的剧本，也有着自己该去扮演的角色。

至于你们，至于我，只是一个看客罢了。

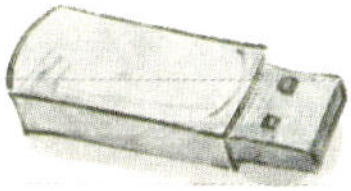

照片

我的手机相册里，躺着一万多张照片，几百条视频。有朋友对我说："时间已经过去，照片留着无用，只是占着内存罢了。"

好看的、模糊的，又或者不经意拍下的，我都有着不一样的执念，不愿轻易删去。有时也在想，是否有人与我一样，对自己拍下来的照片、视频有这样深刻的执念。

就像从最开始的键盘机，到后面的智能手机。从16GB内存，到128GB，再到256GB。如今已经换到了512GB内存。手机我用了许多个，款式一直在变，但不变的，里面都塞满了照片，而每次换手机的第一件事，便是把在旧手机上写的文字、拍的照片，备份到新手机里。

没错，在我心里，照片竟然有着跟文字差不多的地位。

我极少去主动删除照片。哪怕有时候手机提醒内存不足，自己宁愿卸载几个软件，也不愿清理一下相册。偶尔逼着自己去清理，但点开里面的每一张，脑海里都会浮现那一天的场景。想起已经散落人海，再也没见的朋友；想起与那些可爱的人儿一起发生的故事；想起用脚步丈量过的地方……它们便是我路过这人间的证明。

对它们，我始终下不去手。

在无数个失眠的夜晚，会打开相册，一张张地翻看。里面的每一张都代表一个故事，一段旅程。我的记性向来不太好，但此时，会想起很多很多人，想起很多很多事。某年的某月某天，我怀揣着怎样的心情去见了哪些人，又做了哪些值得我去记录的事。就在指间这一次次滑动之中，我的青春开始变得有迹可循。

第一次拿到二等奖那抹骄傲的笑容、羽毛球场肆意挥洒汗水的少年、再也回不去的高中合影以及那第一次独自旅行时的紧张和期待……那一张张照片，记录了自己这一路来的风风雨雨，以及那些陪着我经历过风风雨雨的人。

那我怎么舍得删去。

大一那年去市中心跨年，不小心把手机弄丢。为此，我难过了许久，也自责了许久。幸亏自己在刚买电脑时将大学前的一些照片，拷贝到了电脑，不然之前的所有岁月，会随着它一起丢失。只是因为这件事，关于高中和大学的记忆，便少了许多。时至今日，每当想起这件事，我依旧耿耿于怀。

从那以后，我有了个U盘，专门用来存放照片。

说到底。我啊，只不过是一个既怀旧又贪心的男生，老是想借着照片，把属于我与他们的所有回忆都留住。照片的意义就是将那一刻变为永恒，然后在独自前行感到孤独时，想起那些温暖的片段以及时光，心头又涌现了一股向前的勇气。

我之所以一直不肯删去，是因为有些曾与我把酒言欢，与我度过愉快岁月的人，已经杳无音信，消失在人海；也因为我的青春岁月，再也没有从头再来的机会。

昨天过去了。于是，我只能用照片在今天怀念。

胡说八道

我写文章的初衷，其实就是满足自己胡说八道的闹腾的心。

遇到些印象深刻的人、事和想法，不写下来的话，总是不太舒服，所以初中和高中的笔记本上，就留下了许多奇奇怪怪的文章。

特别是高中，自己热衷于写议论文，常常以此来抨击一些身边的现象。想法独特，论点往往要与现实相反，以此凸显自己思想的与众不同。

像校园禁止早恋，那就洋洋洒洒几千字，在字里行间狠狠抨击校领导顽固老化的思想，拿着所谓的学习及前途来束缚我们这些新时代青年，我们应当要恋爱自由，学习自由，总之，什么都要自由。

你看，纯属胡说八道。

当然自己也知道这种言论是“大逆不道”，要是被校领导发现了，是要挨处分的，故此是不敢拿去给老师看，也不敢去同学之间肆意宣传。

毕竟我只是爱写些叛逆的文字，有些过于飘逸的想法，但并不是脑袋真的有问题，还是分得清楚这件事会带来什么后果。

于是只能孤芳自赏，陶醉在自我感觉良好的文笔当中。

人的思想是不能够被禁锢的，身体达不到的地方，思想却可以。

所以常常会在课堂上神游。

老师们在讲台上喋喋不休地说着什么蜀道之难，难于上青天，说着季风洋流，说着格物致知，我就在台下将思绪如同柳絮一般抛向窗外的世界，任凭它们飘荡，飘荡，去捕获些许灵感回来。可惜碍于自己受教育的程度以及简单的人生经历，偶尔悟得那么一点点人生哲理，却又无法深入思考，水过鸭背，一瞬间，那股灵感就又消失得无影无踪了。

正像如今的我一样，你若是想指望我能够写出像史铁生对生命感悟的深刻，怕是注定失望，我的写作水平目前也仅仅是普通罢了，而经历也不足以让思想能够有那么高的境界。

随着这些年所记录的故事增多，愈加觉得文章需要随性。

不是每个人都有极高的文字天赋，也不是每一篇文章都需要立意，然后一定要去证明一些东西，写出一些让人惊叹的字句。更多的是像我一样喜欢用文字写些胡说八道的普通人，所以只要想写什么，那就大胆去写，怕什么。

我没给这篇文章立意，设下条条框框，甚至连草稿都没打，题目写下“胡说八道”四个字就开始创作。想到什么就写什么，不想像其他文章一样，字句都仔细斟酌。

人生不也是没那么多条条框框，谁也没规定你一定要按照哪条路走，一定要活成什么样子。

我们都是在随性地活着，所以你要是有什么想写的，那就大胆去写。

写作写的就是一个心境，图的就是一个自己舒服。至于是好是坏，留与他人评说。

上一秒我在说人生的随性与洒脱，下一秒我又想说点其他的。

近些日子，我用一千字以内的篇幅去创作，写了很多东西，这导致我写长一点的文章已经不太得心应手，应该说是束缚了一些写作思路和语言风格，但并不是没有好处，这让自己的字句凝练程度上了一个台阶，读者更加容易把那篇文章读进去了。

记得有个读者曾评论我说，就像平时初中生写作文一样。这条评论是少数能让我怀疑自己的。好几个晚上，脑海里都是这条评论，是不是自己真的写得差劲，明明感觉写得还可以啊。睡不着，翻来覆去地看，越看越像初中生作文。

当时就崩溃了，陷入自我怀疑，以至于那几天写文章，一提笔就会浮现这几个字——初中生作文，导致怎么样都不敢下笔。

直到后面转念一想，我写文章本来就是胡说八道，图的是自己开心，图的是记录生活，自己现在的水平就这个样子了，他说初中生作文就初中生作文咯，我能有什么办法。要是指望我能写出什么惊世骇俗的作品，那建议晚上睡觉时，枕头得垫比较高，因为这样容易做梦，而梦里什么都有。

这样心情就好了很多。看来摆烂的心态，有时候还真能停止情绪内耗。不过这种心态，最近几天又出现了，因为签约了，这就意味着我的文字将要被出版成实体书，被大家阅读。我担心现实中的朋友，在看到我的作品时，会觉得写得这么烂还能出书，然后在私底下窃窃嘲笑。

开始害怕出版。

成年了倒是越活越胆小怕事了。

写到这里的时候，我突然有点困意，就想趴在桌子上眯一会儿再起来创作，定了个十五分钟的闹钟，刚趴下去闭上眼睛，我就胡思乱想了。因为此刻我正独自一人在办公楼，而且是晚上，外面静悄悄的，窗户像涂上一层墨汁一般，黑不见底，黑得可怕。

我在想，等我睡着之后，会不会有个人悄悄来到这间没有关门的办公室，本想发点小财，结果看到熟睡的我，电脑上待编辑的文章，还有旁边的手机，于是用心地感叹一句：嘿！这小子，真用功！

本来想着静一些更有利于写作，现在可好，安静到自己都害怕，刚趴下去的困意瞬间没了。

此刻想明白，自己所担心的终归是自己所担心的，它在此刻并没有发生。这个办公室不会莫名其妙来人，我的朋友们以及那些看我文章的读者，也不会莫名其妙抨击我的作品。为什么这般害怕，只不过是我心里在脑补那个场景罢了，在未发生的结果之前，自己已经给自己上了情绪，尽往坏处想，不害怕那才是怪事。

所以，若是平日里想做什么，那就先做了再说。至于结果，在出发之前就不要去想，越想只会越胆怯，以至于失了心中那份豪情。

在中元节被我表白的那个女生，就表扬过我的勇敢。

她：“你傻啊，表白也不会挑时间。”

我愣了一下：“我喜欢你很久了，我不是不会挑时间，只是在今日，我实在压不住心头对你的喜欢，内心告诉我，我必须说出口。”

她回：“说出口也未必有结局。”

我笑道：“有没有结局，那就看你了。”

那头沉默了一会儿，回道：“你挺勇敢的，看在这个面子上，那就……”

我屏住了呼吸，期待下半句。

“那就发你一张勇敢的好人卡吧。”你看我多厉害，喜欢的女生都夸我勇敢。

那个青涩的年纪，告白失败了，说不难过那是假的，不过也不后悔，说到底自己是大胆去做了心里想做的事，即使没有成功，也是人之常情。

这些年，但凡遇到自己喜欢的女生，我都会真诚而勇敢地去追求，大大方方地喜欢，把自己的真诚与热情捧到她面前，在生活中尽自己所能去表现，去关心她，哪怕后面没有结果，也不算丢脸，也算不留遗憾。我不想等自己垂垂老去，坐在摇椅上面，看着摇摇欲坠的夕阳，想起当年那个笑颜如花的女生，然后会后悔自己没有大胆去追求过她，会假想自己如果再勇敢点，会不会有不同的结局。

只是等到那时就只能懊恼地拍着摇椅，无济于事也无可奈何。

如果做任何事之前把不让自己留有遗憾放在前提的话，一切事物就会变得简单起来。我现在写的每个字都是为了不留有遗憾，因为我不知道，如果此刻不努力写好文章的话，将来是否还有机会完成十八岁那年生日的梦想，出一本属于自己的书。

我是一直想成为一个作家的，从初中就开始。

其实最开始单纯觉得自己写东西还过得去，而且作家这个称号听上去就让人觉得很厉害，仅此而已。那个时候我喜欢写的是玄幻小说，因为恰逢网文兴起的时期，读了几部小说热血澎湃，感觉自己也该大显身手了。于是写了个简陋的大纲，就开始有模有样地写起小说来。

我读的初中是寄宿制，实行半月假，天天住校，那怎么写呢？就只能在笔记本上手写。重点初中的上课纪律管得严，加上当时胆子小，还不敢明目张胆在课堂上搞小动作，只好利用下课的十分钟，以及早中晚那比较长的就餐、洗漱时间里去写，为此自己牺牲了很多娱乐时间，匆匆吃了饭洗了澡，就跑去教室写。

手写小说简直是一种难以言喻的痛苦行为，若不是喜欢，是很难坚持下去的。因为自己的右手在日常学习时，就已经饱受折磨，现在课外时间还要被压榨，右手每天都会写到发酸，只不过自己咬着牙不放弃。

那部玄幻小说受限于我的年纪，表现出来的想象力并不丰富，情节也不够饱满，文笔也是幼稚得要死，但依旧受到了同学们的追捧。在那个无聊的学生年代，有人能够更新一两千字新鲜的小说，也是足够带来一丝趣味的。毕竟初中生的口味很好满足，更别提那时大家都还没看过太多的小说。

那部小说更新了一段时间后，不可避免地烂尾了，因为本身就写在笔记本上，全靠手写，更新成本太高，而且在传阅的时候，总有一些同学不爱惜、不按规矩来，于是在它带着满身伤痕硬撑着的时候，最后因为有人在上课翻看，被老师收缴了。

我笑称自己更新小说未半而中道被老师收缴，成为人生第一本烂尾的小说。

当时看向未来时，觉得自己前途未卜，不知道会何去何从，是否会一直热爱着文字。现在回首，来处只有一条路，觉得这一切都好像是顺理成章的。无论是高中、大学，还是自己一直坚持着的文字。

至于高中在其他文章也提过了，不爱写小说，就喜欢写一些风花雪月的文字、一些带着叛逆的批判文字、一些杂七杂八的文字，这个时候，自己用文字胡说八道的本领可谓是更上了一层楼。觉着这也挺有趣的，就像拍照一样，生活中任何场景都可以拍下来，让那一刻成为永恒，那文字也是一样的。写东西与拍照，都需要不去考虑自己是否写得好，是否拍得好，要的就是那股子随性的松弛感，不要带着负担去做这些事，不然你的笔下、镜头下永远出不来好的作品。

现在的文风之所以比较细腻，更多的是得益于自己的胡说八道。自己的笔下用文字写了太多寻常的生活小事。就像镜头里面拍过无数的照片，自然也就懂得如何去拍得更好看了。有些东西是不能够一蹴而就的，需要的是潜移默化，需要的是坚持不懈。要说自己多么有文字天赋，我是不觉得的，我更加认可我只是坚持写作了这些年，才慢慢悟出了一些写作的门路，才慢慢学着将生活描写得更加细腻。

我不知道自己未来是否会成为一个作家，是否能够去完成十八岁的理想，但现在即使工作了三年还未停下创作的笔端，让人觉得那一切都还有希望。最怕的就是自己还没有等到那一天，就放下了笔，选择去拥抱那平淡又平庸的人生。

现在的工作是日复一日的枯燥与烦琐，但我之所以觉得现在的生活过得挺有新鲜感，大部分原因是自己一直还在创作，写着一天不同于一天的文章。

于我而言，这就是每一天的价值。

每当失去创作动力，就会幻想一下自己某天靠着文字一夜成名，成为著名的畅销书作家，让那些曾经看不起我的人纷纷懊恼自己的有眼无珠。

这样一想，我倒是蛮记仇的，不过这种精神胜利法有时还真能为自己打上一管鸡血。毕竟从概率学的角度去想，未发生的事就是有可能发生的。既然我热爱着文学创作，那成为畅销书作家这个可能性还是很大的，所以这也不是痴人说梦。如果说自己未来会成为一个物理博士，这才叫痴心妄想，虽然它也是未发生的事件，但对于我这么一个不从事物理相关行业的人来说，便是不可能的事件了。

彩票之所以受人追捧，就是它平等地给了每个人一个没有门槛的“可能性”，不似其他的致富道路大多是有门槛的，像当作家也好，当物理博士也罢，都是有着一定的条件，而这个彩票只要你想买，那就是可以的，无关学历，不需能力。捧着自己精心挑选的号码，小心翼翼放进口袋之中，在开奖之前，这一注号码跟所有的号码一样，都可能会中奖。即使这个可能性小到可以忽略不计，但有趣的是，潜意识会将它放大到接近一定发生的概率。从买到开奖这一段时间里，已经想好如何去用这笔钱了。

再回到前面，做事之前都能像买彩票这样的心态，将成功的可能性无限放大，那就不存在自我焦虑与精神内耗了。

人性，对于这个可能性，最怕的同时也是最喜欢，真是矛盾。

在还未长大之前，人生充满着未知性和可能性，可能是任何模样，拥有各种人生。只有等自己长大后才知道长大后的生活，其实挺无趣的，以前是真的傻，竟然想着长大。回来工作的这三年，出去跟朋友玩的次数不多，对于城里新开了什么好吃的店、添了什么好玩的去处，自己跟外地人一般陌生。

在单位里我人际关系还不错，身边总有着说笑的同事，但成年人的世界和小孩子不一样，上班期间玩得再好，放假以后大多是各回各家。他们不像我，还没有结婚，他们还有家庭需要去照顾。

即使偶尔独自出去玩，大多也都是买上一杯奶茶，去电影院安静地坐上一会儿。于是，更多的时间还是留给了写作、打游戏、回老家，倒也不算孤独，也不算无聊。不懂是这种享受孤独的个性影响了我的文字创作，还是写作造就了我这般不爱热闹的性格。

这样，我好像又成了单位里最孤独的一个。

孤独的我坐在电脑前胡说八道写了这么多，这算是这几年我一口气写过最长的一篇文章。在此刻，我觉得写作没那么难了。

生活里多些“胡说八道”的精神，能让人更加轻松地去思考一些问题，更加自由地去记录日常的点滴。你可以大胆地去写，哪怕你今天早餐买了个茶叶蛋，由此联想到了宇宙的起源，你把它写下来也是可以的。生命就是如此疯狂，哪怕你做些百无聊赖没有价值的事情，那也是你的自由，不会有选项告诉你，这件事不能去做。好不容易来这世间一趟，在不影响人生正常走向的同时，胡说八道也好，随性去做事也罢，反而是在调剂着自己这枯燥的路途。

别想那么多，写自己的字，拍自己的照，活自己的人生，那是极有乐趣的一件事，至少能让自己不那么累地去活着。人活这一生，愿你和我能多一些“胡说八道”的勇气，活得大胆、率性而又真诚。

生活小记

近几日，工作上的琐事甚多。

下班还在做材料的我，依旧烦躁，猛地一拍桌子：“今天这破材料，我还就是不做了！”

吓得旁边的同事一激灵。

“电影票买好了，晚点去你家接你。”

发了条消息给好友。

好友：？？？

我笑着回道：“人生没有那么多问号，只有说走就走。”

就这样，两个因工作所烦躁的人，捧着奶茶，坐到了电影院。

自工作以来，我就越来越缺乏这种说走就走的勇气。材料、表格等，都足够让我在行动之前犹豫。

大学时，常常一个人单独行动，倒不是因为自己孤独内向，特立独行。只是大学的舍友，大多喜欢窝在宿舍打游戏，喜欢出去喝酒唱歌，而我不会喝酒，也不爱唱歌，自然感受不到其中的乐趣。

渐渐地，自己也就习惯了。

有时是在晚上，觉得无聊，披上衣服就出门了；也有时在周末，精心打扮一番，再慢慢悠悠出发。

目的不定。

想到哪里，就去哪里，想干吗就去干吗。

舍友总以为我是去约会。

我的确是去赴约，只不过，是去赴一个独属于自己的约。

除了这些，我还热衷于报各种大学生旅行团，跟陌生人出去旅游。因为大学生旅行团里都是同龄人，而且费用相比起单独去，便宜不少。于是借着那段时光，我去了很多想去的地方，也见识了不少秀丽的风景，更结识了许多可爱有趣的伙伴。

彼时的我，即使一个人，也没有觉得孤独过。

说得浪漫些，我完全自由。

因为那份说走就走的勇气，让那段时光闪亮起来，也留下一段又一段值得怀念的记忆。

电影结束，走出电影院，已是十来点。

秋夜里的晚风，添了几分凉意。而白日里，那喧嚣的小县城，在此刻也安静了下来。只剩街边的小吃摊，还有三五成群的人，举着酒杯高谈阔论；情侣牵手散步，时不时低下头，轻声呢喃着……这一切所散发出的生活气息，路人和情侣之间弥漫的情感，让我感觉我正活着。

迎着凉爽的晚风，深深地伸了个懒腰。那一瞬间，因为工作带来的情绪，一扫而空。

随后，与好友买了些烤串，坐在车里，大口吃着。

不过烤串老板对微辣有点误解，辣椒放得过于辣，使得我们大口吸着凉气。

于是车里只剩“呼——哈——”“呼——哈——”，以及那互相调侃对方怕辣的笑声。

窗外，灯光还在闪烁，喝酒的人依旧笑着，情侣依旧牵着手。

风，依旧温柔。

也许成年的我们，有了工作、家庭，再也不能如青春般的肆意，说走就走。

但，我们在生活中就要像太阳一样，有起有落，却不失光彩。这样，才能更好地看到这美好的世间。

老赵的婚礼

老赵终于把他心心念念的姑娘娶回了家。

自打与老赵认识开始，他就像那稚气未脱的十七八岁少年，偶尔还语不惊人死不休。那时刚毕业的我，对世界有着莫名的敌意，总怀疑他是假装。他用自己的人格魅力，让我认可了这个灵魂滚烫而又真诚的青年。他如老哥一般对我，工作上指点着，生活上照顾着。我与他，从未吵过架、怄过气，他总在让着我。

后面又因为他，我认识了他深爱的女生，有幸成为好友。有段时间，我常与老赵打球到傍晚六七点，她便在家里等着，一直等到老赵结束，我也因此蹭了一顿又一顿的饭。

其实，我最开始是想拒绝的。因为每次去他家，桌上热腾腾的饭菜与搭配着装扮温馨的小窝气息，对于单身的我，无异于灵魂冲击。但拒绝又说不出口。因为她做的菜，能够让我违背本心。

想想也罢，古语有云："大丈夫能屈能伸。"

你看，古人都替我做出了选择。

对于她，老赵也时刻想着。如果说，他们俩是一部戏的男女主角，那么他们出演的不是偶像剧，而是一部爱情生活剧：没有满天烟花的浪漫，没有夏季里盛开玫瑰的热烈，有的是生活里那抚慰浮躁灵魂的温馨。是酒后的那一碗蜂蜜水，是打球的那一份等待，是出门吃夜宵时，那一声叮嘱……

他们没有说着爱，却又于生活的每一处，将爱诠释得淋漓尽致。

我自认为文字可以写尽世间温柔，可属于他们的爱与温柔，让我词穷。或许，世间最纯粹美好的感情，本就不该用词语去形容。

正当我这样以为，老赵却又将之颠覆：

他一袭红色新郎服，犹如将自己那滚烫而又热烈的灵魂，为那位心爱的姑娘燃烧着，肆意地燃烧着。用心的婚礼现场，让我逐渐沉寂的心也重新泛起波澜。我常在别人面前，肆意宣扬着无爱与自由，却在此刻看向了他们。

此刻的他上演了一部偶像剧。

满天烟花的浪漫、盛开玫瑰的热烈、单膝下跪的情节、白头到老的诺言，这些令人艳羡的情节，他都给了心爱的姑娘。他将满腔的爱意，洒向了天空。于是，我们都明白了爱。

我用笔写不出的浪漫与热烈，在此刻，却被他用行动证明。他那口亮闪闪的牙，闪了我一整天，嘴角咧到了后颈窝。是的，把自己爱了多年的女生娶回家，是多么值得炫耀的一件事。

本想写个浪漫的结尾，但在此刻，再浪漫的语句，也比不过这段对白：

“你愿意嫁给赵先生吗？”

“我愿意。”

第三盆茉莉

工作的第一年，我脚步匆匆，路过花鸟市场，不经意看到一盆茉莉挤在一堆招摇的花草之中，本不起眼的它，在我眼中却变得与众不同起来。于是我停下脚步，没有丝毫犹豫地买下了它。

这是我第一次买花。

我抱着它走过热闹的集市，穿过那人声鼎沸，心底是万分雀跃的，好像滋生了一份不一样的柔软情感。

带回家后，我便把它放在靠近阳台的闲置桌上，那里光线还算充足。它的出现，为原本单调的客厅添了一抹生机。这也是我第一次在室内养花，没什么经验，所以有时隔了好几天，才想起为它浇点水，然后凑过去看看，那份翠绿微微舒展摇曳。

对于我这般不管不顾，它没有怨言，就静静待在那个角落里，默默地生长着。

直到某天我下班回家，推开门，扑鼻而来一抹淡淡的清香。我快步走到它面前，果然是它开花了！纯白的花瓣，在绿色枝叶的衬托下，更显得素雅恬静。看着眼前的茉莉，闻着那抹清香，心头漾开的情绪，让人觉得俗世美好不过如此。那段时间的清晨，只要一走出卧室，就能闻到它的花香，因早起而带来的困意一扫而空，镜子里的自己不自觉带着一抹笑，对即将开始的一天充满了希望。

可我还是经常忘记给它浇水，有时躺在床上想起来，但觉得它肯定都习惯了，一个晚上不浇没事的。一次出去培训时，我忘记托人打理，甚至连出发前都忘记给它浇水。等回来时，它枝叶已经变得枯黄。我赶紧浇水，可它最终还是没有再次变绿。

就这样，毫无准备地开始，又毫无准备地结束。

清晨起床再也闻不到那抹清香，下班以后，我还是会下意识看向角落，空荡荡的。我开始后悔自己没有照顾好它，总以为它会一直在那里生长着，陪着我，以至于这么长一段时间，也从来没在意过土壤是否缺水，甚至连肥都没有给它施过一次。

这次之后，我便不再养花。即使路过了许多次花鸟市场，也看见过许多茉莉。

大概过了半年，去镇上赶集，路过一个花草小摊时，我又看到了一盆与众不同的茉莉。

前行的步子顿了顿，但没有停下。等走出十几米远后，突然转身，径直小跑回来："老板，这盆茉莉我要了。"

这是我第二次买花。

这次不同的是，我专门买了花架放置在阳台，把它放在了光照最好的地方，也开始定期浇水，买来营养液、肥料，学着松土。这次养花，开始发在朋友圈里炫耀。有人来家做客，我也会特意向他们介绍这盆茉莉。于是身边的朋友、同事也都知道我养花，只养着一盆茉莉。

它的枝条长得茂盛粗壮，一日又一日，却不见它开花。其实我是知道的，想要开花就得修剪枝条。我拿着剪刀站在它面前，看着它，迟迟舍不得下手，最后叹了口气："这样也挺好的，不开花就不开花吧。"

过了几个月，枝繁叶茂的它突然迅速枯萎，离我而去。把它扔掉的那晚，我坐在沙发盯着空荡荡的花架，发了许久的呆，因为我也不知道自己哪里养得不好。

这次之后，我便又决心不再养花。

有朋友问怎么不见那盆茉莉了。

知道缘由后，他们纷纷劝我，让我去市场再买一盆茉莉试试。

我只是应着，只是应着。

过了很久很久，他们依旧在劝我：

“不再去试试，怎么知道你不会养呢？”

“也许只是那两盆茉莉不适合你呢？”

“试试吧，再试试吧。”

可是我并不想随便养一盆茉莉，也不知道什么时候会养第三盆茉莉。

私奔

我跟自己心爱的女生私奔了。在家人与世俗来不及反应的时间里，不顾一切，逃到了一座边陲小城。

我说这里没有人认识我们，在这里，我们只是我们。

她望着我的眼睛，浅笑说：“好。”

夜色下的小城里，我牵起她的手，人来人往，没有人注意也没有人在意那牵着的手。

谁会知道，这双牵在一起的手，在那座小县城里，也曾努力伸出过。

只是他们见不得，也容不下。

他们以爱之名，捆住我们伸出的双手。他们说不准如此离经叛道，既然选择回来就该如此，像他们一般。我不解，我挣扎，大声为自己辩解：难道你们的想法就一定是对的吗?

他们笑，说我单纯，无视挣扎的动作，自顾自更加锁紧手上的铐，然后抚着我的头顶：“我这是为你好。”

她就在我的不远处，看着这一切的发生，不远，不远，却又隔着星河。

垂下头，无力地认了这副手铐，可他们不放心，劝我二十来岁就别折腾了，她是追逐不到的月，我与她是不可能的。

他们大方展示着自己身上的镣铐，不厌其烦地述说着他们当年的故事，大家都是这样过来的，然后悄悄又为我添了脚镣。

我只好与他们一般，不再提及她，将他们奉若神明。他们看着我的态度，格外得意。

只是在他们看不见的阴影里，我疯狂砸着这黑漆漆的镣铐。因为我知道她就在不远处，我想找到她。

这几日，我终于大大方方地牵起了她的手，漫步在小城，听着席地而坐的流浪者们的歌声，望着无数的人从我们身边走过，感受这一切的情绪

汹涌。

月色摇晃，我第一次嗅到了自由的味道，才知道自己还活着。

发现失去我身影的他们，疯了似的，循着踪迹，找到了我们。他们狞笑着说，现在的我们，即使逃到天涯海角，也是躲不掉的。

“我知道你惧怕着，厌倦着这副镣铐，可你现在之所以有勇气反抗，去私奔，正是它们给了你出逃的资本，但这是暂时的，是远远不够的。你看看你私奔的代价，现在的你，是否能够承受得住这一辈子私奔带来的后果？即使这次我们放过了你，到时候你还是会自己选择戴上这副镣铐，换取生活的所需。想解掉这副镣铐，是需要实力的，而一时的逞能，做不了一世的英雄。”

他们一步步靠近我，我没有选择反抗，因为我知道他们说的都是正确的，此刻我没有说“不”的能力。

我扭过头，望着她。

这几天会作为人生当中浓墨重彩的一笔，写进自己的文章里，但请原谅我此时的屈服。

我还是离开了这座私奔的边陲小城，只是没有颓废，还如来时一般，意气风发。

“别再私奔了吧。”

我回道：“好啊。”

动了动，身上的镣铐哗哗作响。

是的，我是答应不会再拉着她私奔了，但没说过要向他们投降。

在下次，我要堂堂正正地在万人瞩目中牵着她的手离开。

问

关于自己人生的意义，我时常会陷入迷茫。

在某个秋夜加班之后，途经单位前的树。

它是一棵古树，活了上百年，我想它应该有答案。

于是我停在树下，抬起头，望着它那高不可攀的枝丫，问起关于人生的答案。

原以为它可能不会回答这个幼稚的问题。

它说："你也来问这个问题了。"

我不解："也？"

这说明有人在我之前，也来问过它同样的问题。

它笑："是啊，你们单

位里那几位临近退休的领导，也都像你这样询问过我。可惜那时我也还年轻，才几十岁，觉得每日站在此处，看着同样的朝暮，重复着同样的生活，枯燥无味。做树实在太过于无趣，没有意义，我便没有给他们答案。

“我抱怨日子的枯燥，但没有放弃生长，从这片贫瘠的土地里汲取养分，生长着。于是见过数不清的日升月落，见过各式各样的人从脚下路过。或急，或缓。

“看着问过问题的他们，从你这般的青春年纪，一年一岁地白了头。他们也没再问过我这个问题，我还是按部就班地生长，上百年如一日。

“就是有天猛然发觉天上的云朵，从没有一日重复，每片叶子的长势需要我去照顾。看着树下你们从幼稚到成熟，从单身到喜结连理，从青丝到白发……我突然快乐了起来，于是我找到了属于自己存在的意义。

“我看着他们上下班的步子里多了几分惬意，我想或许他们也已经在这日复一日里，找到了自己的答案。

“我的意思是说，大可不必一定要不顾一切地寻求意义，只管往前走，脚踏实地过好当下，也许人生的真意自然会在平淡中浮现。”

说完，它不再言语。

我站在树下思考许久，才与它道别。

踩在落叶上向外行去，在这空旷的夜里，只能听到自己的脚步声。

清脆，回荡。

路上的行人寥寥无几，只剩路灯还在亮着，照亮我这个晚归的人儿。

风有点冷，我紧了紧衣服，打算快步往回走。

“嗨，小鬼，刚才你跟树的对话我听到了。”

突兀的声音响起，我回过头，却没发现一个身影。

“别看了，我在你脚下。”

我低下头，问：“你是路？”

“是啊，我是路。”它骄傲地说道，“是曾载过无数的信徒，往信仰的方向行去，也见证过无数的旅者，赤着脚朝理想远行。在我身上，有无数的人背道而驰，也有数不清的人在这里殊途同归。”

我盯着自己那双踩在地上的脚，试着往前迈了几步，落在枯叶上，依旧发出清脆的声音。

“你不觉得走路是一件很浪漫的事吗？只有你自己听得见的声音，它在告诉你，你是在不断往前走，那路边变化的风景，是在告诉你，还活着啊！”

它的声音在秋风中撕扯，显得格外煽动人心。

“少年郎！跑起来！只要你还在前进，总会找到属于你的答案！”

我的步子不自觉地慢慢快了起来。

步子起落与地面碰撞分离的声音，耳边呼啸而过的风，不断倒退的街景。

我听着，看着，唯独没有停下。

随笔四篇

（一）

2018年夏天的风又吹回来了。

有人说你是忘不掉2018年的夏天，还是那个人？

2018年，我还在读大学，有一群有趣的舍友在身边。

每当下午没课时，从食堂吃饭回来，我们便会带一瓶可乐，半个西瓜。回到宿舍把空调开到十六度，勺子往西瓜中间一插，可乐往电脑桌一摆，大喊一声：上号！

半天的时间，便从指缝间溜走。

傍晚时分，我们各自嘲笑对方的技术，趿拉着拖鞋，勾肩搭背，踩过走廊上的夕阳，晃晃悠悠地走向食堂。

放暑假前，极罕见地下了一场大雨。

彼时课已上完，整天几乎都是没课的，就等着期末考试。

雨声催人眠。我们反常地犯了困，都爬上了床，说睡个午觉再起来打游戏。

外面下着大雨，噼里啪啦的，风也呼啸着，却格外让人感到心安。宿舍里没有了其他声音，偶尔有人翻身，一切都静悄悄的。向来不习惯睡午觉的我，也不知不觉睡着了。

彼时的我们，从来没想过“分别”这个词。

此刻，转眼却已毕业。当初意气风发的西瓜少年，已开始为生活四处奔波，开始想着如何攒钱，如何去规划自己的人生。

现在我可以为了加薪伏案到凌晨，也可以为了领导的一句认可，舍弃掉本该有的假期。有朋友问，你不辛苦吗？生活嘛，谁不辛苦？抬头看，芸芸众生皆如此，谈什么辛苦。

偶尔还是会登上游戏看一下，列表里那几个熟悉的名字已经许久未曾亮起。曾经那个老是分享搞笑视频的宿舍群，也不再有人喊着上号，更多的是聊各自生活上的事。

原来大家都一样，在彼此看不见的地方，努力生活着，为理想而奋斗着。

他们不知道的是，我偷偷用文字去回忆他们。

这世界上有两个我，一个在文字里白衣青衫，一个在生活里向阳而生，从不惧岁月悠长。

2022年8月2日

（二）

突然刷到“九〇后女生失业后每天假装上班”的视频，心不禁一酸。想到之前毕业实习的状态，那时便是天天假装上班。

毕业前，自己仗着有几分文采，总觉得自己毕业以后会有很大的出息。天高任鸟飞，肯定能大展拳脚，并且一跃成为年轻有为的模范。

这种感觉随着时间的推移，愈加强烈。

毕业后才发现，根本什么都不是。迷茫又无助，根本不懂自己想要什么样的工作。

眼睁睁看着舍友一个接一个找到工作，搬出宿舍。而自己因为眼高手低，投的简历犹如石沉大海。一边安慰自己，一边不断降低自己的工作要求，每天不是在面试，就是在面试的路上。

可是，直到毕业生必须搬出宿舍的时间，我都没找到工作。

那段日子真的崩溃。

面试完回到宿舍，也没有心情打游戏，经常在电脑前泡上一碗泡面，独自呆呆地盯着电脑屏幕。

消息提示声一响，我会神经反射般马上拿出手机，看看是不是工作有着落了。

焦虑，不安，头发大把地掉。有时好不容易睡着，也会突然从梦中惊醒。

我好几次坐在电脑前，抱着自己的双腿，看着冷清的宿舍，差点哭出声来。

可我没哭，因为我觉得我是个男生。

因为到了实习的时间，父母也常打电话来关心我，问我工作怎么样。

我在一开始便跟他们说，我找到工作了，待遇很好，租的房子也离上班的地方近。我常常编一些工作上的趣事给他们听。

这时，他们往往会很放心地挂断电话。

我能讲吗？我不能讲。

我在离家七八百千米的城市。如果我说了，除了给远在农村的他们带来担忧，让他们晚上睡不着，其他的什么都不能带来。

儿行千里母担忧，我不能这么做啊。

我每天的食谱，早晨在学校食堂买两个包子，中午去食堂打一份白饭，一碗免费的海带汤。晚上才吃一份荤菜配米饭。后面，出学校了，就借钱租房，吃饭。

电话里，依旧说着自己安好的话；

现实里，不停奔波在面试路上，好几次因为困意而睡过站………

幸运的是，后面一切慢慢地好起来了……

如今，守得云开见月明。

现在有了喜欢我的一批读者朋友，我可以重新写着我热爱的文字，陪在父母身旁，每天醒来能看到他们的容颜。

世间最美好的事，莫过于此。

自己热爱的事，有你们支持，自己热爱的人，还在自己身边。

我想那位假装上班的九〇后女生，以及正在假装上班的你们，一切都会好起来的！

2022年8月20日晚

（三）

近日，天终于是冷了。

驱寒最好的法子，便是白酒二三两。

今夜，与同事小酌几杯。

酒量不如意。

微醺。

想我打儿时求学以来，滴酒不沾。

毕业后，不知何时开始学着饮上几杯。

好似人，总归是会变的。

曾经喜欢过的，会变成自己所厌恶的；

以前不入眼的，倒莫名成了消遣的所喜。

一如生活：沉闷，无风。

渐渐没有了意外，也没有了惊喜。

几年前的我，嫌弃生活的一潭死水，向往着诗与远方。我说自己是大胆前行的少年，鲜衣怒马听风吟。

换作当年，断然不甘心人生的平凡。

自以为，生而为高山，怎肯俯首做溪流。

可如今，面对平淡的生活，一笑带过。

十八岁的我，幻想过无数种人生可能，唯独没有想过现在这般光景。

好似生活早已悄无声息地，打断了那根扶摇直上九万里的傲骨。

已然接受自己的平凡。

那一月可看几十本书的少年，心里也曾藏着山高水远，也曾许人间第一流。

他说，自己必然不凡。

他说待到春风得意时，必然纵马狂奔，看遍那长安的花。

而如今，可悲，又可叹。

十八岁那年的我，肯定没想到长大后的自己，最终还是没翻过那座山，而山那边的人也没能听到我的故事，那段年少轻狂的故事。

2022年10月20日

（四）

癸卯年正月初三晚，与众亲戚欢饮，大醉，作此篇。

我如今到了可与家族长辈同席的年纪，可以自然地接过递来的烟、喝下那一杯杯辛辣的白酒，再不用担心父亲的责骂。

他们每次谈及我的工作，总是夸赞的，说着外面再如何，也不及我如今的工作，顺带说起我当年的刻苦，才能拥有这份稳定的生活。

我自嘲：但凡读书厉害一些的人，都不会回来工作。

是啊，不知什么时候开始，我把自己归为了这一类。

要知道，我也曾自命风流不凡，自诩才高八斗，必有一番成就，出人头地。

我说我绝不会回到这座小县城，让它锁住我那翱翔的翅膀，我是属于外面天空的，绝不是这一池洼地所能容纳的。所以，我拒绝了定向师范生志愿，去选择自己的人生。

可后面还是去往了自己不喜欢的大学，错过了喜欢的专业，一度迷茫。

大一的某个深夜，哭着打电话给母亲说：“我想回去复读。”

毕业实习以及就业方向，如今回想起来，也是一团糟糕。当时感觉自己会赚大钱的预感日益强烈，却没有人生规划，对未来一片迷茫。

如今，也如此。

我也时常反思自己：内心懒惰，做事三分钟热度，间歇性踌躇满志，持续性混吃躺平。

我时常在深夜里感到焦虑，但又会安慰自己，身边工作的大环境就是如此，自己又何苦“世人皆醉我独醒”呢？

好几次在深夜，梦回那段自诩风流、心比天高的岁月。每次做梦我都是用的第三人称，用旁人的角度看着那时的自己，眉眼里尽是青春的肆意，举手投足间自信非凡。

山海啊，有何不可平。

可如今的我也才工作三四年罢了，可就这三四年时光，自己的心境已然天翻地覆。眉眼里的肆意，早已不再。他们说，既然选择回来了，那就安心找个媳妇，早日抱个大胖小子，平平凡凡过一生也是不错的。

是，我是可以接受平凡，但做不到屈服平凡。

只要我还没有放下少年傲气，就不会甘于这平庸的工作、平庸的人生、平庸的自己！即使如今二十有余，再过几年三十而立，我也不甘心！

我不相信就我一人如此，看到此处的你，甘心吗？

哪怕懒惰，哪怕三分钟热度，哪怕自欺欺人……我想我是能够去改变的。

自己之所以不愿向生活投降，除了心中还有理想外，还有一部分原因是家庭。也许对于社会而言，我这样的人也许只是一块边角料，沧海一粟，但对于我的家庭来说，却是一根顶梁柱。我想改掉这些习惯，我想让自己这根柱子能够撑起更多的东西，为家人们挡住更多的风雨。

我将永远热爱文学，只有文学才让我觉得不是那个平庸的自己，不再那么焦虑。这也是我为数不多的能力，我知道自己目前写得还不够好，但只要不停下脚步，或许文学真的能做翅膀，让我再翱翔一次。

我要用文字向生活宣战，这也是自己与平庸的命运做的最后抗争。

2023年1月24日

我们正活着

今日因身体原因，去了医院一趟。

我看到医院里，有攥着报告单，颓坐着的满脸愁容的人，也见过兴冲冲打着电话报喜的人……在这里，有人带着期望，来到人间；有人伴随着亲人痛哭，离开尘世。

喜剧与悲剧，在这里不断上映。

对于“活着”这个词，自己也不知何时变得敬畏起来。

也许是因为经历了人间的悲欢离合、生离死别。高中那年，外婆、奶奶相继离世。自己跪在灵前，看着冰冷的棺柩，黑白照上还是那张和蔼的脸庞，可即使外面的父母哭得如何撕心裂肺，她们也不会再回应一声。她们这次离开，不同以往，是真正地永远离开了。

活着，说难不难，说简单也不简单。

它可以是对责任的诠释，也可以是世间最浪漫的事。

在我们之中，上有老下有小的人不在少数。当面对生活上的艰难与委屈时，为了他们，依旧选择咬着牙，把苦独自吃进肚里。关关难过，却又关关过。他们的活着，不再是单纯为自己而活着，身上更背

负着家人的生活。活着，无疑是他们对于责任，最好的诠释。

自己常会想：既然来到这尘世，自然要好好活着，去热爱这可爱的人间，去看山川河流，日升日落。所以，当经历些比较难受的事时，即使情绪再低落，也都不会有极端的想法。

活着为什么是浪漫的呢？

比如，今天是周末，当你现在看到我的文章时，你正瘫在沙发上，手里还拿着薯片零食，嘴角还沾着碎末，上一刻的你，刚看完一个让你开怀大笑的视频，而整个房间没有收拾，乱糟糟的。

这一切，有影响吗？

周末嘛，不就应该如此随性吗？

那为什么能这样随性而为，不正是因为你活着嘛！

你可以在半夜睡不着，打电话给好友，叫他起来上厕所；又或者，你遇到了一只流浪猫，于是走去远处的小卖部，特意买来火腿肠投喂；周末，直接在家里躺一天，玩一天游戏，什么都不做；逛街时，买些油炸食品、重口味的零食来满足自己的味蕾……

这些可以吗？都可以。

为什么，因为我们正活着！

对于自己喜欢的女生，每次我都会大胆地去靠近她，去用心追求，大大方方表露自己的爱意。

即使被拒绝了，又如何？

我可不想，当以后老去，坐在摇椅上，回想当年喜欢的那个女生时，懊悔自己为何不能大胆一点。除了我，你也可以啊。

为什么我们可以这样大胆追求自己喜欢的人？

因为我们正活着！

因为活着，所以它赋予了你可以去做你任何想做的事情的权利：

买自己喜欢的衣服，即使自己身材穿上去不是很好看；想学吉他时，忍痛了买一把昂贵的吉他，结果自己花了几个月，还是弹得很难听，于是一怒之下又把它挂在二手平台卖了；某一刻想学做菜，于是你趿拉着拖鞋，就去菜市场买菜了，然后路上蚂蚁在搬家，你蹲在路边看了两个小时。

这些事情即使在别人看来是无意义的，可以说是浪费时间的，但你去大胆做了，才不会在多年后，后悔自己要是买了那件喜欢的衣服、学了吉他，学做那个菜该多好。

总之你想做什么自己想做的事情，都可以。因为你活着，所以可以去做有意义的、没意义的任何事情。

也许如他们所说，下一辈子真的存在，可投胎转世的我，自然已是另外的个体，不再是今生的我。

我啊，虽不优秀，但独一份。

后来者，似我，不会是我。

所以，我们要好好地活着，享受这一段人间旅途。

就像我，正是因为好好地活着，才能把自己的喜怒哀乐写进这本书里，与你在此刻相遇。

图书在版编目（CIP）数据

时间也没过去多久/养只柴犬著.--北京：民主与建设出版社，2024.5

ISBN 978-7-5139-4475-5

Ⅰ.①时… Ⅱ.①养… Ⅲ.①散文集－中国－当代 Ⅳ.①I267

中国国家版本馆 CIP 数据核字（2024）第007690号

时间也没过去多久

SHIJIAN YE MEI GUOQU DUOJIU

著　　者	养只柴犬
责任编辑	顾客强
装帧设计	陆　震
出版发行	民主与建设出版社有限责任公司
电　　话	(010)59417747　59419778
社　　址	北京市海淀区西三环中路10号望海楼E座7层
邮　　编	100142
印　　刷	北京中科印刷有限公司
版　　次	2024年5月第1版
印　　次	2024年5月第1次印刷
开　　本	880毫米×1230毫米　1/32
印　　张	10.25
字　　数	247千字
书　　号	ISBN 978-7-5139-4475-5
定　　价	54.00元

注：如有印、装质量问题，请与出版社联系。